朗格彩色童话集

黄色童话

Huangse Tonghua

[英]安德鲁·朗格 编著

孙宪敏 译

内蒙古少年儿童出版社

图书在版编目（CIP）数据

黄色童话 /（英）安德鲁·朗格编著；孙宪敏译
. -- 通辽：内蒙古少年儿童出版社, 2021.7
（朗格彩色童话集）
ISBN 978-7-5312-4300-7

Ⅰ.①黄… Ⅱ.①安… ②孙… Ⅲ.①童话—作品集
—世界 Ⅳ.①I18

中国版本图书馆CIP数据核字（2021）第071632号

朗格彩色童话集

黄色童话

[英]安德鲁·朗格/编著　　孙宪敏/译

责任编辑：娜　仁
封面设计：张合涛
出　　版：内蒙古少年儿童出版社
地　　址：通辽市科尔沁区霍林河大街312号
邮　　编：028000
电　　话：（0475）8219305
印　　刷：保定市海天印务有限公司
开　　本：787mm×1092mm　1/16
印　　张：10
字　　数：108千字
版　　次：2021年7月第1版
印　　次：2021年7月第1次印刷
书　　号：ISBN 978-7-5312-4300-7
定　　价：32.00元

目　录
contents

黄色童话

黄色童话

猫和老鼠

　　一次偶然的机会，有只猫认识了一只老鼠后，她就想尽办法向老鼠表达自己的喜爱之情，说想和老鼠做朋友。在猫的苦苦哀求下，老鼠终于答应和她住在一起，每天一起做家务。"冬天快到了，我们必须抓紧时间储存粮食了，不然的话，我们会活活饿死的。"猫对老鼠说，"亲爱的小老鼠，你可千万不要乱跑，万一掉到陷阱里就完蛋了。"

　　说完，她们一起去街上买了一小罐油，但是不知道把罐子藏在什么地方才是最安全的。她们商量了很久很久，终于有了主意。猫说："还是把这罐油藏在教堂里吧，那里比任何地方都安全，肯定不会被人发现。我们把罐子放在角落里，等到我们需要的时候，再去拿就行了。"就这样，小罐油被安置妥当了。

　　但是没过多久，猫嘴馋了，非常想吃那罐油。于是有一

天，她对老鼠撒了一个谎："小老鼠，我表姐刚生了一个儿子，长得雪白雪白的，可漂亮了，她说让我做她孩子的教母。我今天得去她们家一趟，你能一个人在家吗？"

"没问题，你放心去好了。"老鼠爽快地回答道，"但是你吃好东西的时候，别忘了我啊。一想到洗礼仪式上的红葡萄酒，我的口水都要流出来了。"

可是，猫根本就是在睁着眼睛说瞎话。她压根儿就没有表姐，怎么会请她做教母呢？没错，猫是嘴馋了，她去了教堂。她贪婪地舔啊舔，不知不觉就把上面的一层油吃完了，肚子撑得鼓鼓的。然后，她爬到教堂的屋顶上，一边伸懒腰，一边欣赏美丽的风景，好不惬意。直到夜幕降临，她才慢吞吞地回了家。

"天啊，你总算回来了，"老鼠高兴地说，"今天，你一定很开心吧？"

"没错！"猫回答道。

"那个小孩叫什么名字？"老鼠问。

"上面没了。"猫心不在焉地说。

"上面没了？"老鼠重复了一遍，"这真是个奇怪的名字。你们家族中怎么会有这样的名字呢？"

"真是大惊小怪！"猫不耐烦地说，"你不是还有个叫面包的教子吗？"

过了几天，猫肚子里的馋虫又开始蠕动了。于是，她对老鼠说："好心的朋友，我知道你一定会愿意一个人看家。又有人邀请我去做教母，听说，那个孩子的脖子上有一道白圈，我实在不好意思拒绝。"

老鼠答应了，馋嘴的猫又偷偷地溜进了教堂，这一次，罐

子里的油只剩下一半了。她舔着嘴说："吃独食的感觉实在是太美妙了！"

猫回家后，老鼠问她："这个小孩叫什么名字？"

"一半光。"猫回答道。

"一半光？长这么大，我还没听过这么稀奇古怪的名字呢。我敢保证，就算是在全世界，也绝对不会有人和他重名。"

没过多久，猫又开始惦记那罐油，日夜难安。"要不，来个一箭三雕吧！"她对老鼠说，"我又要去给人做教母了，这个孩子浑身黑乎乎的，除了爪子以外，身上连一根白毛都没有。你知道吗？这太难得了，大概两年才会出现一回。就让我去吧，行吗？"

"我说，什么上面没了，一半光了？"老鼠嘟囔道，"我真是想不通，这世界上怎么会有这样的名字。"

"少见多怪。瞧瞧你，整天待在家里，大门不出，二门不迈的，一天到晚穿着一件深灰色外套，拖着你那条长尾巴，净胡思乱想。"猫说，"如果你出去逛逛，就不会像现在这样了。"

猫大摇大摆地出门了，老鼠却老老实实地在家里打扫卫生。她根本就不知道，那个爱撒谎又贪心的家伙早就把油全吃光了，一点儿都没留给她。

"全部吃完了，才能彻底断了我的念头。"猫自言自语道。直到天黑，油罐终于见底了，猫心满意足地摸着圆鼓鼓的肚子回家了。和前两次一样，老鼠又问她孩子叫什么名字。

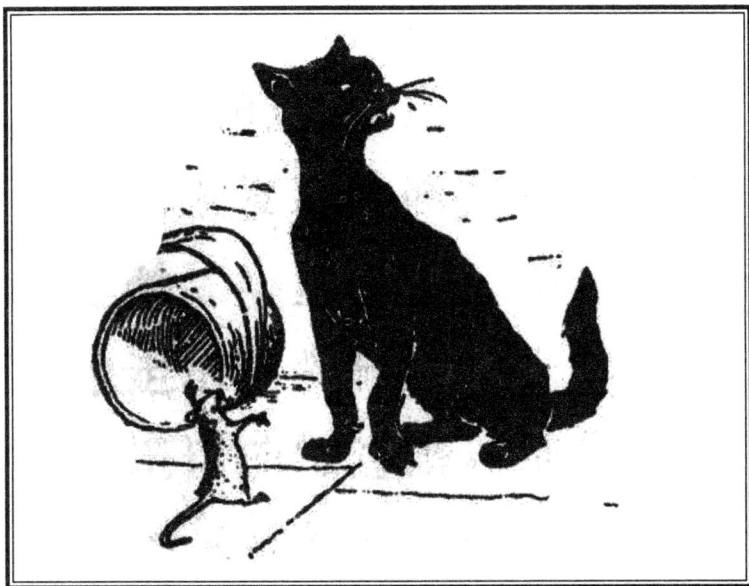

"我知道，这次你还是会觉得奇怪，"猫说，"他叫精精光。"

"精精光？"老鼠又默念了一遍，"打死我，也不相信谁会取这样的名字。精精光，到底是什么意思？"说完，她蜷着身子睡着了。

从那以后，家里又恢复了平静，再也没有人请猫去做教母了。寒冷的冬天到了，再也没办法在外面找吃的了。老鼠突然想起了她们收藏的油，于是对猫说："没关系，咱们不是还有一罐油吗，现在就去把它取回来吧，一定好吃极了。"

"没错！"猫回答道，"你一定会觉得非常美味，就像……就像用你的小舌头舔外面的空气一样。"

她们来到教堂，虽然罐子还完好无损地放在原地，罐子里却早已是空空的了。

"我终于明白了，"老鼠恍然大悟，说，"你这个爱撒谎的家伙！亏我把你当成好朋友，你却一直在骗我。你每次都说去做教母，实际上却是来偷油吃。第一次是'上面没了'，第二次是'一半光'……"

"少啰唆！"猫气急败坏地大声喊道，"你再敢多说一个字，我就把你吃掉。"

还没等小老鼠说出"精精光"三个字，猫已经迫不及待地扑上去，把她吞进了肚子里。

六只天鹅

很久以前，有一个国王在一片茂密的大森林里打猎，他特别想打到猎物，因此跑得非常快，没有一个侍卫追得上他。天黑了，国王呆呆地站在那儿，左看看右看看，发现自己迷路了。他想离开这里，却不知道该往哪儿走。正在这时，一个老婆婆摇头晃脑地朝他走了过来，她其实是一个巫婆。

"老婆婆，你好，"国王对她说，"你知道怎样才能走出这片森林吗？"

"当然，尊敬的国王陛下，"她回答道，"能为您效劳，我觉得非常荣幸。但是您能答应我一个要求吗？如果您不答应，就一辈子也离不开这里，会在这里被活活饿死的。"

"您请说。"国王说。

"我有一个宝贝女儿，"老婆婆说，"她是这世上长得最美的姑娘，做您的妻子再合适不过了。如果您愿意和她结婚，我就带您离开这里。"

虽然不愿意，但是国王没有表现出来，他答应了老婆婆的条件。于是，老婆婆和国王一起回到了自己的小屋，坐在火边的就是她的女儿。她的女儿向国王问好，好像已经等了他很久。

老婆婆没有骗人，她的女儿的确长得非常漂亮，但是国王一点儿也不喜欢她。不知道怎么回事，国王一看见她，内心就会产生强烈的恐惧感。国王和女孩骑着马离开森林，回到了王宫，很快就举行了隆重的婚礼。

在此之前，国王已经结过婚了，并且还有七个孩子，六个男孩和一个女孩。对国王来说，孩子们是他的心肝宝贝，是他的全部，是他在这个世界上的最爱。他担心继母会虐待孩子们，没准还会加害他们，所以把他们藏在附近树林深处一个僻静的城堡里。那个城堡非常隐蔽，几乎没有人能进得去。就连他自己，也是拿着一个女巫给他的线轴，才不至于迷路。

这个线轴可是个宝物，只要把它扔到前面，它就会自己向前滚，给国王引路。因为国王隔三岔五就去看他的孩子们，所以总是不在宫里，为此，王后非常生气，发誓一定要调查清楚，国王为什么老是独自去森林里。她收买了国王的仆人，他把所有的事都告诉了王后，甚至连线轴会带路的事也说了。王后翻遍了王宫，好不容易才找到了那个神奇的线轴。然后，她缝制了几件白色的小衬衫，并且给它们施了魔法，这些都是她母亲教她的。

一天，王后趁国王外出的机会，带着小衬衫走进了森林，在线轴的指引下见到了国王的孩子们。他们老远就看到有人来了，还以为是父亲，兴高采烈地冲上去迎接他。突然，王后掏出小衬衫朝他们扔了过去。碰到小衬衫的一瞬间，他们突然变成了天鹅，飞出了森林。

王后得意扬扬，还以为把眼中钉全都除掉了。但她没想到的是，国王的女儿并没有和哥哥们一起去迎接父亲，所以她还好好地待在城堡里。

第二天，国王来看望孩子们，可是，除了女儿外，六个儿子都莫名其妙地消失了。

"你哥哥们去哪里了？"国王问女儿。

"亲爱的父亲，"她哭着说，"他们都变成天鹅飞走了，只剩下我一个人了。"接着，她把那天发生的事情告诉了父亲，她从小窗户看见哥哥们都变成了天鹅，从森林上空飞走了。说完，她拿出了几根洁白的羽毛，那是哥哥们落在院子里的。国王伤心不已，但他不知道是王后捣的鬼。他担心女儿也会有什么危险，所以想把她带回宫。但是女儿一想到那个可怕的继母，就吓得浑身发抖，她请求父亲让她在这个城堡里再住一晚。她在心里盘算着："家没了，我一定要把哥哥们找回来。"

天黑后，她跑进了森林。她拼命地跑啊跑，顾不上休息，天亮后又接着跑，直到累得再也跑不动才罢休。这时，一个小屋出现在她面前。她走了进去，看见里面摆着六张小床。她不敢躺在床上，所以藏在床底下，准备在硬邦邦的地板上睡一晚。日落西山后，外面突然传来了一阵嘈杂的声音，接着，六只天鹅从窗户飞了进来，落在地板上。他们亲热地互相拍打，身上的羽毛掉了，然后天鹅皮像衬衫一样脱落了。原来是女孩的哥哥们！她欣喜若狂，立刻从床底下爬了出来。见到妹妹的那一刻，哥哥们喜出望外，但是这种重逢的喜悦只持续了一会儿。

"你必须赶紧离开这儿，"他们说，"这里是土匪窝。如果被那帮土匪发现了，你肯定会没命的。"

"你们不能保护我吗？"妹妹问道。

"不能。"他们说，"因为我们只有每天晚上才能脱掉天鹅皮，并且只有一刻钟。然后，我们就会再次变成天鹅。"

妹妹听完后，抽泣着说："难道没有办法能救你们吗？"

"办法倒是有，"他们说，"但是太难了，你六年不能说话，不能笑，还要用七瓣莲给我们每个人做一件衬衫。哪怕你只说一个字，也会前功尽弃。"

哥哥们话音刚落，他们又变成了天鹅，从窗户飞走了。

就算要付出自己的生命，妹妹发誓要救哥哥们。她走出了小屋，在森林里的一棵树上睡了一晚。第二天天一亮，她就开始四处寻找七瓣莲，然后开始做衬衫。她什么话都不能说，而且也没有任何开心的事，她静静地坐在那儿，全神贯注地缝着衬衫。

就这样，她在那儿住了很长时间。一天，一个国家的国王正好在森林里打猎，他的随从看见女孩坐在一棵树上，于是问她："你是什么人？"

她一言不发。

"你赶紧下来！"他们喊道，"我们不会伤害你的。"她摇了摇头，什么话都没说。他们继续问这问那，于是，她把脖子上的金项链扔了下来。然而，这群好奇心强的人还是没有走，所以她把自己的腰带也给他们了。接着，她把吊带裙子和

袜子也脱了下来。猎人们不忍心让女孩一个人在森林里，所以爬到树上把她抱了下来，带到了国王面前。

国王问："你是什么人，为什么在那棵树上？"

女孩还是不开口。

国王想尽了一切办法，把自己知道的语言全都用上了，她还是什么都不说。但是，她长得那么美丽，轻而易举就俘获了国王的心，他深深爱上了女孩。国王脱下自己的大衣给她穿上，让她坐在自己的前面，一起骑马回到了王宫。

国王命仆人为女孩梳洗打扮，为她换上了华丽的衣服，她一下子就变得光彩照人，但她还是默不作声。国王大喜过望，说："这辈子，我非这个女孩不娶。"后来，他们结婚了。

但是，国王的母亲心狠手辣，她不喜欢年轻貌美的王后，总是说她的坏话。"这女孩到底是谁？从哪儿来的？"她气冲冲地说，"这个平凡的家伙，连我儿子的脚指头都配不上。"

一年后，王后生下了孩子，太后不仅抢走了孩子，还告诉国王是王后杀死了孩子。国王压根儿就不相信，命令太后不准再伤害王后。王后还是静静地坐在那儿缝衬衫，也不为自己辩解。王后又生了一个孩子，太后故技重演，但是国王还是选择相信王后。国王说："她那么可爱，那么善良，绝不可能做那样的事情。如果她会说话，肯定能证明自己是无辜的。"接着，第三个孩子也被带走了。

这一次，国王再也不能袒护王后了，只能依法将她烧死。行刑的当天，正好是六年期限的最后一天，只要缝好最后一只左袖子，她的哥哥们就能得救了。

王后被带到了树桩旁，手里抱着衬衫。她站在木柴堆上，

国王一声令下，大火立刻就开始熊熊燃烧起来。

她四处看看，只见六只天鹅飞了过来。她知道，自己很快就要得救了，所以非常激动。天鹅们不停地在她身边盘旋，她把衬衫扔了过去，天鹅们的皮立刻就掉到了地上，哥哥们又变成了原来的样子，只有最小的哥哥左手还是一只翅膀。他们紧紧地搂在一起……

国王在一旁看得目瞪口呆，王后对他说："亲爱的丈夫，我终于可以说话了。一切都是假的，我是被诬陷的。"接着，她告诉了国王事情的真相，太后不仅抢走了三个孩子，还把他们藏了起来。

国王听后，立刻下令把孩子们接回来，从此国王一家人，还有王后的六个哥哥，一起生活得非常幸福。至于那个恶毒的太后，她得到了应有的报应。

皇帝的新衣

　　很久以前，有一个皇帝非常喜欢穿新衣服，几乎把所有的钱都花在买衣服上。但是，他对自己的士兵一点儿都不关心，也从来不看戏，他唯一喜欢的一件事就是在人来人往的大街上走来走去，炫耀自己的新衣服。白天的时候，他隔一小时就要换一次衣服。人们在谈到皇帝的时候，一般会说："皇帝在忙于朝政。"但是说到这个皇帝时，人们总是异口同声地说："他在更衣室里。"

　　皇帝住在一个大城市里，新鲜事时有发生，几乎每天都会出现新的面孔。有一天，两个骗子冒充织匠，信口开河地说他们织的布是全世界最好看的。这种衣料不仅质量上乘、颜色亮丽，而且用这种衣料做成的衣服，还有一个特别之处，只有称职的人和聪明的人才能看见它。

　　皇帝心想：这样的衣服太好了。如果我穿上它，不就可以看出来哪些臣子不称职、哪些臣子是傻瓜了吗？太好了，我一定要弄到这件衣服。于是，他给了骗子一大笔钱，作为为他织布的酬劳。

两个骗子坐在织布机前，装模作样地忙着织布，其实织布机上什么都没有。然后，骗子又要了最好的丝线和黄金，假装在空荡荡的织布机上从早到晚忙个不停。

"不知道衣料准备得怎么样了？"皇帝心急如焚。傻瓜和不称职的人看不见这种衣料，他当然没什么好担心的，因为他对自己的智商有一百分的把握，而且他也很称职。就这么干等也不是个事，于是，他决定派一个人去打探一下情况，正好能测试一下这个人是否称职。这个消息很快就传遍了全城，所有的人想亲眼见识一下这种神奇的布，因为他们都想知道谁是傻瓜、谁不称职。

皇帝决定把这个重要的任务交给一个老臣，因为他既聪明又尽职尽责，肯定能看出衣料的好坏。老臣走进大厅里，看见两个骗子正在织布机前忙得手忙脚乱。"到底是怎么回事，我怎么什么都没看见呢？"老臣心想。他当然不会让别人知道，只是目瞪口呆地盯着空空的织布机，对眼前的一切不可置信。

两个骗子让他走近点儿，然后指着空空的织布机问他："你觉得布料的质量怎么样啊？颜色是不是很漂亮？"可怜的老臣上前一步，用力地揉了揉眼睛，却还是什么都没看见，因为那里根本就什么都没有。

老臣在心里想：这是怎么了？难道我真的很愚蠢吗？不行，绝不能告诉别人我什么都没看见，不然别人会觉得我不配当大臣的。这时，一个正在织布的骗子问道："你觉得这布好吗？"

"太美了，这是我见过的最美的布了。"老臣戴着眼镜说，"瞧这质地和色彩，真是太美了！我觉得非常漂亮，我会如实向皇帝禀告的。"

"非常感谢您，我们太高兴了。"两个骗子感激地说。接着，又喋喋不休地向大臣解释起了布料的颜色和质地。

为了回去向皇帝交差，老臣听得非常认真。回宫后，他的确是这样告诉皇帝的。

两个骗子又向皇帝要了更多的丝线和黄金，说是为了织布料。这一切都进了他们的腰包，他们还是像往常一样假模假式地在空织布机上忙碌着。没多久，心急如焚的皇帝又派了一位自己信任的官员去视察织匠的工作，想知道衣料到底什么时候才能织好。结果，和上次一样，这个老臣也是拼命地看，却什么都没看见。

"这块衣料漂亮吗？"两个骗子问道，然后他们又指着那块没有一个人看得见的布料，不厌其烦地炫耀起了它的华贵。

"难道我很愚蠢吗？怎么可能呢？不管怎么样，我一定不能告诉任何人。"第二个大臣一想到这里，就开始自欺欺人地夸赞起了那块根本不存在的布料，还说他对这块布料非常满意。回宫后，他对皇帝说："那块布料非常美！"

很快，全城的人都对这块神奇的布料议论纷纷。

百闻不如一见，皇帝最终决定在布料织好之前去亲眼看看。他精心挑选了一些官员、随从和自己一起去，包括那两位已经去过的大臣。从表面上看，那两个狡猾的骗子正在忙个不停，但其实织布机上什么都没有。

　　"这布料简直太美了！"两位打头阵的大臣赶紧在皇帝面前美言。他们不约而同地认为其他人都能看见布料，所以指着织布机说："尊敬的陛下，您瞧这质地和色彩，太美了！"

　　"啊？"这一次轮到皇帝惊诧了，他在心里想：为什么我什么都没看见？难道是因为我很愚蠢吗？我真的不配当皇帝吗？天哪，简直太可怕了！

　　他无论如何也不肯承认这个事实，于是，微笑着对众人说："的确很美，我觉得非常满意！"然后，他装模作样地看了看织布机。让堂堂一国之君承认自己是个傻瓜，这不是在开玩笑吗？

所有的官员和随从也学着皇帝的样子左看看右看看，虽然他们什么都没看见，却和皇帝一样赞叹道："这布料太美了！"他们还提议，皇帝在即将举行的游行时向全城的人民展示自己的新装。"好美啊，我从来没见过这么漂亮的衣料！"所有的人都赞不绝口。为了感谢这两个骗子，皇帝还封他们为"御用宫廷织匠"。

游行的前夜，两个骗子都没合眼，点着十六根蜡烛，忙了一整晚。人们亲眼看着他们通宵达旦地为皇帝赶制新衣，先是用大剪刀把布料裁剪好，然后用针线缝好后对所有人说："大功告成了。"

皇帝带着威武的骑士们来试穿新衣，两个骗子装出托着什么东西的样子，都把手举得高高的，对皇帝说："瞧瞧，上衣、裤子、披肩都在这儿呢。这种衣料有一个特点，用它做成的衣服非常舒服，穿在身上根本就感觉不到。"

"没错。"大臣们纷纷附和道。很明显，他们都是在睁着眼睛说瞎话。

这时，骗子说："尊敬的陛下，来试试您的新衣吧。"

于是，皇帝脱得光光的，两个骗子假装帮他把做好的衣服一件一件地穿好。然后，皇帝在镜子前看过来又看过去，不知道的人还以为这一切都是真的呢。

大臣们忍不住称赞道："瞧瞧，陛下的这身衣服多么合身啊！简直太棒了！"这时，典礼的负责人进来报告："尊敬的陛下，已经把您游行时用的华盖准备好了，您可以出发了。"

"好的，我也准备好了。"皇帝说，"这套衣服我非常满意。"说完，他又对着镜子整理了一番，确保自己的装扮不会出一点儿问题。

帮皇帝托着衣摆的仆人们装模作样地从地上托起了衣摆，他们把手高高地举起来，就像手里真的有什么东西似的。没有一个人愿意让人看出来，他们其实什么也没看见。

游行终于开始了。皇帝趾高气扬地走在游行的队伍中，头上顶着璀璨夺目的华盖。街道两边的人和从窗户里伸出头的人不约而同地惊叹道："皇帝的新衣简直太美妙了，世间少有！再看看那些精美的衣摆，搭配起来实在太漂亮了。"

为了不让人觉得自己不称职或者很愚蠢，包括皇帝在内，谁都不愿意承认自己其实什么都没看见。这次游行进行得非常顺利，皇帝的新衣得到了所有老百姓的高度赞扬。

当然，除了一个小孩以外。他大声嚷嚷道："皇帝为什么不穿衣服呢？"

"你这个傻孩子，怎么胡说八道啊？"孩子的父亲赶紧接过话来。但是很快，孩子的话在人群中炸开了锅。

"他没穿衣服！"最后，人群中突然爆发出了一阵响亮的声音。

皇帝感到害怕了，因为他自己也是这样觉得的。但是转念一想，他在心里对自己说："不管怎么样，我都要坚持走下去。"因此，仆人们仍然高举着双手，托着根本不存在的衣摆继续往前走。

男孩和狼

在很久以前，一个印第安猎人离开了自己的部落，在一个偏远的大森林中央建了一座房子。他是一个善良的人，由于朋友的背叛和贪婪，他决定带着一家人搬家，离那个朋友远远的。他带着妻子和三个孩子走了很久很久，最后决定在一条清澈的小溪旁边定居。他们砍了很多树，建造了属于他们自己的小房子。在这个世外桃源，他们的日子过得平静而幸福。除了弄吃的和穿的，他们从来没有离开过森林一步。很多年后，这个强壮的猎人生病了，他知道自己没有多少时日了。

于是，他把妻子和孩子们叫到身边，嘱咐他们："亲爱的妻子，我们一起生活了那么长时间，过不了多久，我们就会在另一个世界相遇了。但是我亲爱的孩子们，你们的好日子还多着呢，我已经彻底摆脱了邪恶、冷漠、自私自利，你们却无处可逃。老大、老二，你们能答应我，永远相亲相爱，照顾你们的小弟弟一辈子吗？那样，我就死而无憾了。"

"我们答应您！"孩子们毫不犹豫地回答道。猎人心满意足地合上了双眼。

正如猎人所说，仅仅过了七天，他的妻子也永远地离开了这个世界。当孩子们围绕在她的床边时，她嘱咐老大和老二一定要记住自己的承诺，永远对小弟弟不离不弃，因为他实在太小了。一开始，哥哥姐姐把弟弟照顾得非常好，但是老大的心慢慢地变了。因为他非常怀念村里的房屋，毕竟他们在那里生活了很长时间。

听了哥哥的想法后，妹妹说："哥哥，我知道你很想念儿时的好朋友，住在这里的确很孤单。但是我们不能违背父母的遗愿，更不能只为了自己的幸福就不管弟弟呀。"

他怎么可能听妹妹的话呢？他什么话都没说，带着弓箭离开了小屋。一眨眼，一年过去了，弟弟和妹妹再也没有见过哥哥。渐渐地，姐姐的态度也悄悄发生了变化，变得既自私又冷漠，对她来说，弟弟简直就是个拖油瓶。

一天，她终于忍不住对弟弟说："家里的粮食够你吃很长时间，你乖乖地在家待着，我去找哥哥，一找到他就马上回来。"

她好不容易才在村子里找到了哥哥，他已经成家了，小日子过得非常幸福。正好有一个勇敢的青年疯狂地追求她，所以她把森林里的弟弟忘得一干二净，满脑子只想着自己的丈夫。

粮食吃完后，小男孩不得不独自去森林里找吃的，浆果、树根，他都吃过。如果天气暖和还好说，那些东西至少能填饱肚子。但是在寒冷的冬天，天空中飘着雪花，他饿得肚子咕咕叫，而且冻得浑身发抖。所以，晚上他只能躲在树上，吃狼剩下的东西。没多久，他就发现了狼群，因为狼是他唯一的朋友。狼大口大口地吃东西时，他就安静地坐在一旁看着。渐渐地，狼和他成了好朋友，有什么东西也会和他一起分享。如果不是狼，他早就被活活饿死了。

春天到了，厚厚的积雪终于融化了，湖里的冰块也融化了。狼群慢慢地走向湖边，无处可去的小男孩跟在它们身后。

一天，小男孩的哥哥划着小船在湖边打鱼时，突然听见一个小男孩用印第安人的音调唱的歌：

　　"哥哥啊哥哥，

　我变成了一只狼，

　我变成了一只狼！"

唱着唱着，小男孩还像狼一样号叫着。哥哥的心感觉到了一种钻心的疼痛，立刻走上去喊道："弟弟啊弟弟，快到哥哥这儿来。"然而，天天和狼生活在一起的弟弟几乎变成了狼，唱着歌走开了。哥哥更大声地叫道："弟弟啊弟弟，我是哥哥，快过来呀！"他的声音越来越大，小男孩却像没听到一样，和他的狼兄弟们走得越来越快。走着走着，他身上的毛越来越长，接着哀嚎一声，在森林深处不见了踪影。

小男孩的哥哥回家后，又悔恨又愧疚，他的妹妹同样如此。为了这件事，他们兄妹俩内疚了一辈子，也忧伤了一辈子。

七头蛇

从前有一个国王，他下定决心要远航探险。于是，他率领自己的船队出发了。他们日夜兼程，终于到达一个荒岛。岛上全是高耸入云的大树，每棵大树下面都躺着一头凶残的狮子。士兵们刚登上岸，就遭到这些狮子的攻击。经过一番殊死搏杀后，士兵们终于战胜了凶残的狮子，可他们也死伤过半。幸存的士兵们继续上岛探险。他们越过森林，来到一个美丽的花园，花园里聚集了世界上各式各样的植物，它们茁壮地生长着。

更令人惊讶的是，花园里有三眼泉水，它们流出的不是泉水而是金银珠宝：第一眼泉水流出的是银子；第二眼泉水流出的是金子；第三眼呢，流出的是珍珠。士兵们高兴坏了，纷纷解下随身的包裹，能塞多少就塞多少。随后，士兵们在花园的中央看到了一个大湖。他们好奇地来到湖边，这时，湖竟然开口说话了："你们是哪里的？干吗到我们这里来？你们要参拜我们的大王吗？"士兵们个个吓得目瞪口呆，没有人敢回答。

湖不紧不慢地接着说："很高兴能看到你们害怕，哼，来这里就得时刻做好迎接危险的到来。告诉你们吧，我们的大王有七个头，幸运的是，它现在正在睡觉，不过几分钟后，它就会醒来，到这里沐浴更衣！不管谁在花园里，如果他被我们大王瞧见，那他的灾难就来了，要知道无论谁也逃不过我们大王的手掌心。你们要想活着离开的话，就得按我说的话做。脱下你们的衣服，铺在地上，一直铺到通往王宫的路上。我们大王特别喜欢在光滑柔软的地方滑行。到时它高兴，就会饶了你们的。当然，它会通过其他方法惩罚你们，不过你们至少能保住小命离开这里。"

士兵们无人敢抗命，完全按照湖的要求做了。过了一会儿，突然地动山摇，地面裂开一道缝，狮子、老虎等猛兽浩浩荡荡地跟在大王后面，从王宫里出来。七头蛇轻快地滑过为它专门用衣服铺设的地毯，来到湖边，它转头问湖是谁用衣服铺的地毯。于是，湖便将这些士兵带到七头蛇跟前。士兵们既惊恐又谦卑地跪在地上，胆战心惊地向七头蛇介绍了他们之所以来到这里的缘由。

七头蛇气势汹汹地说道："好大的胆子，竟然敢私闯我的领地，我可以饶了你们，但要惩罚你们。记住，以后每年必须送十二对少男少女到这里。要不然，我立即毁了你们的家园。"接着，它命令一头猛兽将这些士兵带出花园，让他们上船离开这座岛屿。

回到家乡后，这些士兵向人们讲述了他们悲惨的遭遇。

七头蛇要求进贡十二对少男少女的期限很快来临。国王只得颁布诏书，请十二对少男少女英勇献身来拯救家园免遭入侵。许多少男少女闻讯赶来，人数众多远不止二十四人，他们都争先恐后吵着让自己前往。于是，国王选择了十二对少男少女，让他们登上一艘新造的大船，挂上黑色的帆后，起程向七头蛇所在的岛屿驶去。他们到达后，立即赶到湖边。这一次，树下凶残的狮子们没有攻击他们。三眼泉水呢，也没有流出金子、银子和珍珠。湖呢，也没有说一句话。他们等了一会儿，听到一声巨响，比上一次的响声还要大，晃得更厉害。大王七头蛇来了，不过它后面没有成群结队的猛兽了。它二话不说，将十二对少男少女留下了。接着，它让船员返回。从那以后，每年到了那个时节，他们都要送上十二对少男少女，这种情况一直持续了多年。

多年后，这个国家的国王和王后逐渐变老，更让他们伤心的是，他们膝下无一男半女。一天黄昏，王后独自一人坐在窗下为没生下一男半女伤心落泪。她知道，如果没有自己的孩子，国王死后，将会把王位传给她根本不认识的人。这时，一个身材矮小的老妇人出现在她的面前。她拿着一个苹果对王后说："尊敬的王后，您为何哭得如此伤心，什么事令您这样悲伤？"

"哦，心地仁慈的婆婆，"王后止住哭声回答，"我伤心是因为自己没有一个孩子。"

"就这件小事让您悲痛欲绝吗？"老妇人说，"我是纺纱修道院的一名修女。我母亲临终前给我留了一个苹果，她说不管是哪个女人吃了这个苹果，她就会有一个孩子的。"

王后给了老妇人很多钱，买下了那个苹果。她削掉果皮，吃了苹果，随手将果皮扔出了窗外。恰巧扔到一匹路过的母马跟前，于是它吃了果皮。没多久，王后就生下一个男婴，而那匹马呢，也产下一匹小马驹。小王子和小马驹一起成长，他们自小就十分喜爱对方，简直如同兄弟一样。

时间过得真快，一晃王子十九岁了。这一年，他的父王、母后相继去世，他继承了王位。一天，与他一起长大的那匹马对他说："请相信我，陛下！我打心眼里爱你，正因如此，为了你和整个王国考虑，我才警告你。如果你再像老国王一样，每年向那可恶的七头蛇进贡十二对少男少女的话，我们这个国家迟早会被摧毁。现在，你赶紧骑着我，让我带你去找一个老妇人，她会告诉你如何杀死那条该死的七头蛇。"

于是，王子骑着马任由它带着往前跑。跑了很远，他们来到一座大山脚下。这座山里面有一个巨大的地下洞穴，在洞口处，一个老婆婆正在安静地纺纱。这个地下洞穴是一个修道院，老婆婆就是院长。里面有许多修女，她们以纺纱为生，因此又称纺纱修道院。洞穴的四壁都是坚硬的石头，上面还凿了修女们睡的床。洞穴的中间点着一盏油灯，修女们轮流守护着它，绝不能让它熄灭。若是灯在哪个修女值班时熄灭了，她就会被其他修女处死。

一见到老婆婆，王子立即下马跪拜在她的脚下，央求她如何才能杀死七头蛇。

老婆婆扶起王子，仔细地打量了一下他，搂住他说："好孩子，你知道吗？就是我派一个修女给你的母亲送苹果的，这样你才能来到这个世上，与你一起出生的还有这匹马。有了这匹马，你将会把你和这个国家从兽王的手中拯救出来。来，我详细地告诉你该怎样做。首先，你要准备一些棉花，然后，我给你指引一条秘密暗道，它直通七头蛇的王宫，其他猛兽们都不知道有这么一条暗道。进了王宫来到兽王的卧室，你会看到它正在睡大觉。在它床的四周，挂满了铃铛，正上方悬挂着一把宝剑，只有这把宝剑才能杀死七头蛇。特别要提醒你的是，你要悄悄溜进它的卧室，为了避免过早吵醒它，你要将棉花塞进床上的每一个铃铛里面，不让它们发出任何响声。这样，你才能顺利地取下宝剑。"

老婆婆说完送王子出洞，并祝他马到成功。王子骑着马，带上棉花就出发了。他沿着老婆婆指引的秘密暗道，顺利地来到七头蛇的王宫，然后按照她的吩咐，毫无悬念地杀死了七头蛇。当猛兽们得知它们的大王被杀之后，纷纷赶到王宫时，王子早就骑着马，从秘密暗道逃走了。猛兽们奋力追赶，可它们哪能跑得过马呀，王子毫发无损地回到自己的国家。从此，他拯救了自己的王国，再也不受七头蛇的摆布了。

六人同行

从前，有一个非常厉害的人，他精通各种技艺。因此，他成了一名士兵，在战场上英勇杀敌，立下了赫赫战功。但是战争结束后，他不得不回到家乡，口袋里只有三便士。"看着吧，"他恶狠狠地说，"简直太不像话了！只要我找到了合适的人，就一定会找国王报仇的，我要让他把所有的财富都送给我。"他气冲冲地走进了一片森林，正好看见一个人不费吹灰之力，就把六棵树连根拔起了。他对那人说："你愿意跟我回家，做我的佣人吗？"

"我愿意，"那人回答道，"请稍等一下，我得把这些木柴送回家去，我母亲还在家等着呢。"说完，他就用一棵树把另外五棵树捆了起来，放在肩上扛走了。过了一会儿，他回来和主人一起出发了。主人说："只要我们俩齐心协力，完全能闯出一片天地。"没走多久，他们俩就碰到了一个猎人，只见他跪在地上，小心翼翼地用枪在瞄准什么。主人问："嗨，你在瞄准什么呢？"

猎人说："六里以外的一棵橡树上有一只苍蝇，我正在瞄准它的左眼呢。"

"太棒了，跟我走吧，"主人说，"如果我们三个人一起努力，想做成一件事就更容易啦。"

猎人也答应了，和他们俩一起上路了。他们看见了七个风车，虽然一点儿风都没有，连树叶都一动不动的，风车却转得飞快。主人说："明明没有风，风车为什么会转这么快呢？"然后，他们接着往前走，走了大约六里，就看见一个特别奇怪的场景：一个人坐在树上，用手捏着一只鼻孔，用另一只鼻孔吹气。

"朋友，你在干吗呢？"主人问。

那个人回答道："六里外有七个风车，就是因为我吹气，它们才能转起来。"

"原来是这样，快跟我走吧，"主人说，"只要我们四个人联手，就能轻轻松松去打拼啦。"

于是，三人行变成了四人行。过了一会儿，他们又看见了一个奇怪的人，他把自己的一条腿卸了下来，像金鸡独立一样站着。主人热情地打招呼："嗨，伙计，这样休息是不是很舒服啊？"

"你误会了。我是赛跑运动员，"他说，"我不想跑得太快，所以只用一条腿就够了。要是我用两条腿跑，恐怕连飞鸟都赶不上我。"

"那好，跟我走吧，"主人说，"如果我们五个人劲往一处使，打江山就更容易啦。"然后，这个人也加入了这支强壮的队伍。走了没多久，他们又遇到了一个怪人，他把帽子斜戴着，把耳朵遮得严严实实的。

"兄弟，赶紧把你的帽子戴好了。"主人叫道，"这像什么样子啊？不知道的人还以为你是疯子呢。"

"我可不敢那样，"那人解释道，"如果我和你们一样戴帽子，立马就会变成寒冷的冬天。到那时，可怜的鸟们就会被活活冻死。"

"好吧，跟我走吧，"主人说，"如果我们六个人一条心，还有什么能难倒我们呢？"

当六个人走进一个小城镇的时候，正好遇到国王宣布一件事：谁比他的女儿跑得快，谁就能成为他的女婿；但如果输给了他的女儿，就要受惩罚。主人知道后，告诉国王自己要参加比赛，但他想让佣人替他上场。

国王爽快地答应了。

主人用皮绳把赛跑运动员的一条腿绑上，告诉他："你一定要跑快点，咱们必须赢！"按照规定，最先从远处的小溪里打来水的人就是赢家。于是，赛跑运动员和公主一人提一个水罐，同时起跑。公主跑了没多远，那个赛跑运动员就像旋风一样刮到了很远很远的地方，消失得无影无踪了。他打好水后，就马不停蹄地往回跑。可是在半路上，他突然呵欠连天，于是把水罐放下来，躺在地上呼呼大睡起来。不过，他是用地上的马头骨当枕头的，睡不了多久就会因为不舒服而醒过来。公主也跑得非常快，比大部分男人都厉害。她在小溪边装满水后，就赶紧提着罐子往回跑。在路上，她看见竞争对手睡得很香，

于是，兴高采烈地说："这回我赢定了。"然后，公主把他罐子里的水倒得干干净净的，自己又接着往前跑。

这可怎么办啊？猎人站在城堡的塔顶上，目睹了这一幕，非常着急。

"不行啊，"猎人说，"绝不能让公主赢。"于是，他瞄准赛跑运动员的枕头打了一枪，枕头被击飞了，人却什么事都没有。赛跑运动员从睡梦中惊醒，他一骨碌爬起来，却发现罐子空空的，而公主已经跑得很远了。但是他并没有灰心，赶紧提着罐子跑回小溪边，装满水后撒腿就跑，终于赶在公主前抵达了终点，只提前了十分钟，好险啊！

"瞧瞧，"他得意扬扬地说，"我刚刚活动一下筋骨，还没开始跑呢。"

但是国王大发雷霆，公主也气得浑身发抖，因为她一点儿都不想嫁给那个毫不起眼的退伍老兵。为了推掉这门亲事，他们必须想办法把那个老兵和他的伙伴们打败。

"别担心，"国王安慰女儿说，"我的宝贝，我想到了一个好办法，能让他们永远也回不了家。"然后，国王对那六个人说："从现在开始，你们就尽情地吃喝玩乐吧。"说完，把他们带到一个房间里，地板和门都是用铁做的，甚至连窗户外面也安着铁栅栏。屋里的餐桌上摆着各种各样的美味佳肴，看得人口水直流，国王对他们说："请尽情享用吧。"他们刚进屋，就被锁在里面了。然后，国王命令厨师在屋子下面拼命地烧火，很快就把铁地板烧得通红。那六个人吃着吃着，觉得越来越热，还以为是自己吃东西的缘故呢。直到他们热得受不了了，才想着要出去，却发现门窗都已经被封死了。他们终于明白，国王是想把他们活活闷死。

"绝不能让国王的诡计得逞，"戴帽子的那个人大声嚷道，"我要召唤严寒，不管火势多猛，都不可能伤害我们。"在他把帽子戴得端端正正的一瞬间，屋子里立刻变成了冰天雪地，热气消失不见了，连盘子里的食物也全部变成了冰块。几个小时后，国王以为他们早就被热死了，叫人把门打开了。

但是门一打开，他看见六个人完好无损地站在那里，什么事都没有。他们高兴地对国王说，屋子里太冷了，他们想出去暖和一下。国王气得鼻子都歪了，把厨师狠狠地责骂了一通，问他为什么违抗自己的命令。

厨师却说："我敢保证，我是按您的吩咐做的。不信的话，您可以亲自去瞧瞧。"国王一看，虽然铁房间下面火势凶猛，但他知道这个办法根本伤害不了他们。为了打发这群讨厌鬼，国王又开始想办法。他对那个主人说："只要你不和我女儿结婚，你要多少金子都行。"

"尊敬的陛下，就按您说的做吧，"那个主人回答道，"我的佣人能搬多少，您就给我多少吧。"

国王总算是松了一口气。那个主人告诉国王，他会在两个星期后来取金子。

然后，那个主人把王国里所有的裁缝都找来了，让他们在两个星期内缝制一个全世界最大的袋子。袋子缝好后，他叫那个能把大树连根拔起的人和他一起去面见国王。国王吃惊地说："这个小伙子好强壮啊，这个麻袋简直像一座房子那么大。"国王心里想：这么大的麻袋，能装多少金子啊！

国王命令十六个强壮的士兵搬来了一吨金子，却没想到，那个大力士只用一只手，就把金子都塞到了袋子里，还嚷嚷道："怎么才这么点金子啊？连底都盖不住呢，再多搬点来吧。"没办法，国王只好吩咐人继续搬，搬了一遍又一遍。这些金子都进了大力士的袋子，连袋子的一半都没到。

"还有吗？再多拿点来吧，"他不满地说，"这也太少了吧，袋子还没装满呢。"于是，国王又用七千辆马车，把王宫里所有的金子都拉来了，结果，大力士不仅把金子装进了袋子，甚至连拉车的牛也被扔了进去。

"这样吧，"大力士说，"你搬什么来都行，我都装进袋子，只要能把袋子装满就行。"就算他把这些东西都装进了袋子，但还是装不满，所以他说："算了，袋子装得太满，反而不好捆。"于是，他扛着袋子，和主人大摇大摆地走了。

现在，国王终于见识到了这个人的厉害之处，他一个人竟

然把王国里所有的财物都搬走了。国王气急败坏，派两队骑兵去追那六个人，把那个扛袋子的大力士抓回来。他们很快就追上了那六个人，大声对他们喊道："你们这帮可恶的家伙，终于找到你们了。立刻把装金子的袋子放下，否则就要你们死得很难堪。"

"开什么玩笑呢？"吹风车的那个人不以为然地说，"你们还是先担心自己吧。现在，我就让你们在空中跳舞，跳个够。"说完，他捏着一只鼻孔，用另一只鼻孔对着骑兵们拼命地吹，他们立刻像天女散花般在蔚蓝色的天空中飞来飞去，直到他们晕头转向。

一位英勇善战的将军忍不住求饶，他哭着说，他立过无数次战功，从来没有受过这样的奇耻大辱。于是，吹风车的那个人让他下来了，并对他说："回去告诉国王，不管他派多少骑兵来，我把他们统统吹上天。"

国王听说此事后，无可奈何地说："算了，让这些无耻的家伙走吧，他们都有魔法，我们斗不过他们。"后来，那六个人共同分享那些财物，生活得非常幸福快乐。

怪物龙

听老人说，在很久很久以前，大森林里住着一条从北方来的可怕的怪物龙。它每天都要吃很多东西，没多久，这里就变成了一片废墟。这个可恶的家伙太厉害了，如果不阻止它，说不定整个地球都要毁在它的手里。

怪物龙的样子很奇特，它长着公牛一样的身体和青蛙一样的腿，前面的两条腿短，后面的两条腿长。而且，它的尾巴和蛇差不多，大约有十八米长。它每动一下，就会像青蛙一样跳起来，能跳到一里以外的地方。幸运的是，它不喜欢频繁地换地方，在一个地方一待就是好几年，把那里的东西吃光之前绝不会离开。

为了抓住这个怪兽，人们想了很多办法，却还是拿它没辙。因为它身上的鳞片，简直比石头和金属还要硬，而且它的两只硕大无比的眼睛会发出刺眼的光芒，即便是在白天，也能晃得人睁不开眼睛。更恐怖的是，如果哪个倒霉鬼正好看到了它的眼睛，就会乖乖地送上门，像撞了邪一样。也就是说，怪物龙只需要静静地躺在那儿，就会有人和野兽送上门来。附近所有的国王都诏告天下，只要有人能抓住这条怪物龙，就会重重地赏他。

去碰运气的人很多，但是没有一个人成功。有一次，怪物龙居住的那片大森林成了一片火海，结果森林被烧毁了，怪物龙却什么事都没有。在这个国家，一些见多识广的人听说了一件事：只要得到了所罗门国王的印章戒指，就能制伏这条怪物龙。但问题是，戒指上刻着神秘的铭文，只有最聪明的人才可能破解铭文的秘密，掌握制伏怪物龙的方法。而且，谁都不知道那枚戒指到底在哪里，也不知道谁才称得上是全世界最聪明的人。

终于有一天，一个善良勇敢的年轻人决定去寻找戒指。他朝着太阳升起的方向一直往前走，因为他听说东方自古以来就是一个充满智慧的地方。几年后，他认识了一位江湖术士，于是向他请教。术士说："人类的智慧非常有限，没法帮助你。但是如果你能学会鸟类的语言，它们就会成为你最好的向导。你在这里待几天，我教你鸟语。"

年轻人接受了术士的建议，感激地对他说："你的大恩大德我无以为报，如果我成功了，一定会重重地酬谢你。"

在皎洁的月光下，术士独自一人采集了九种草药，煎了一服汤药。年轻人每天喝九汤匙，连续喝三天，就能听懂鸟类的语言了。

离开时，术士对年轻人说："如果你找到了所罗门国王的戒指，就赶紧回来找我。在这个世界上，我才是唯一能破解戒指之谜的人。"

从此以后，年轻人再也不觉得孤单了，因为他能听懂鸟的语言，能和它们交流，就像有了同伴一样。时间一天天过去了，他始终没有打听到关于戒指的任何消息。一天晚上，他觉得又累又热，于是，坐在森林里的一棵树下吃东西。突然，他看见了两只从来没有见过的漂亮的小鸟。它们停在树枝上，一只小鸟说："坐在树下的这个人我认识，他太傻了，找了那么久，还是找不到自己想要的东西。哦，对了，他要找所罗门国王丢失的戒指。"

另一只小鸟接着说："只有女巫才能帮他。就算戒指不在女巫手上，至少她也知道到底谁拿走了，肯定能给他指一条明路。"

"但问题是，女巫到底在哪里呢？"第一只小鸟问。

"她没有家，到处流浪，没有人知道她在哪里。"另一只小鸟回答，"我不知道她现在在什么地方，但是我敢肯定，三天后的晚上，她一定会来泉水边洗脸。她每个月圆之夜都会来，因为那时用泉水洗脸，就永远不会长皱纹，永葆青春。"

"那好吧，"第一只小鸟说，"反正泉水离这儿很近，要不我们去看看她是怎么洗脸的吧？"

"我非常乐意！"另一只小鸟说。

年轻人决定跟着小鸟一起去泉水边，但是他必须做好两件事：首先，小鸟飞的时候，他不能睡着；其次，要时刻关注小鸟的踪迹，因为他不可能像小鸟一样飞，稍不注意，就会跟丢。到了晚上，他累得骨头都快散架了，只得坐下来休息。但

是他太焦虑了，所以睡得并不踏实。天刚亮，他就醒了，幸好那两只漂亮的小鸟还在甜蜜的梦乡中。等他吃完早餐，两只小鸟在原地待了一整天，除了四处觅食以外，什么地方都没去。第二天照旧如此。到了第三天早上，一只小鸟说："今天我们必须出发了。"它们一直待在树上，直到中午才向南飞去。年轻人生怕自己跟丢了，只能拼命地跑，累得气喘吁吁的，直到亲眼看见小鸟停在一棵树上，才停下来歇会儿。休息片刻后，两只小鸟最终停在了一小块平地上的大树上。年轻人追上去一看，泉水就在平地的中央。他放下心来，在小鸟停留的那棵树下坐了下来，聚精会神地听它们聊天。

"时间还早着呢，太阳还没落山，"一只小鸟说，"只有等到月亮升起的时候，女巫才会来洗脸。你觉得，她会发现树下的那个年轻人吗？"

"当然会，任何事情都逃不过她的火眼金睛，更何况是一个年轻人。"另一只小鸟回答道，"但是，他知道自己不能被女巫迷惑住吗？"

"我们还是先等等吧。"第一只小鸟说，"看看他们是怎么相处的再说。"

天黑了，月亮像大银盘一样悬挂在高高的夜空，把黑漆漆的森林照得像白天一样。这时候，年轻人听到了一阵沙沙的响声。过了一会儿，一个美丽的姑娘从森林里走了出来。她走路时一点儿声音都没有，双脚滑过地面，径直站在了泉水边。年轻人看得目瞪口呆，他长这么大，还从来没有见过这么漂亮的女孩呢。姑娘仿佛什么都没看见一样，抬头望了一眼天上的圆月，然后就弯腰洗脸，一连洗了九次。接着，她又抬头看了看圆月，绕着泉水走了九圈，一边走一边唱歌：

"圆圆的月亮啊，倾洒着光芒，

请让我的美貌地久天长，

请让我的容貌青春永驻；

明亮的月亮啊，阴晴圆缺，

请让我的模样永远年轻，

就像那鲜花四季绽放。"

唱完后，她用自己的长发把脸上的水珠擦干了。正准备离开时，她突然看见树下坐着一个年轻人，于是，朝他走了过去，年轻人连忙站起来。她说："现在，你看见了我所有的秘密，所以我必须严厉地惩罚你。但是念在你是第一次，只要你老老实实地告诉我你是谁，到这里来干什么，我就放过你。"

年轻人恭敬地回答道："可爱的姑娘，请原谅，我不是故意的。我是个流浪汉，走累了，所以在这里歇息一会儿。您的突然出现让我手足无措，只好老老实实地坐在这儿。我觉得，我只是静静地看着您，应该没有犯什么大的过错吧。"

姑娘客气地回答道："跟我走吧，不管怎么样，睡在床上总比睡在潮湿的地上舒服多了。"

年轻人稍稍迟疑了一会儿，这时，树上的小鸟开口了："她让你去，你为什么还不去啊？但是千万要记住，不要把自己的血液给她，否则你会失去自己的灵魂。"于是，年轻人和姑娘一起走了。过了一会儿，他们走进了一个美丽的花园，里面有一座金碧辉煌的房子，在月光下一闪一闪的，就像是用金子做的。屋里有很多精美的房间，一间比一间好。金色的烛台上放着几百支点燃的锥形蜡烛，把整间屋子照得像白天一样。

最后，他们走进了一个房间，桌子上摆着琳琅满目的美味佳肴，桌子旁边放着一把金椅子和一把银椅子。姑娘坐在金椅子上，年轻人坐在银椅子上。吃饭的时候，一群穿着白色裙子的女孩在旁边穿梭，精心地伺候着。她们和那个姑娘一样，走路轻飘飘的，没有发出一点儿声音，也没有任何人说话。吃完饭后，年轻人和姑娘聊得非常开心，直到一个女孩来告诉他们，时间已经不早，应该上床睡觉了，他们才恋恋不舍地分手了。接着，年轻人被带进了一个房间，里面有一张柔软的床，床上还有一个绒毛垫子。他迫不及待地躺在了床上，但不知道为什么，他总觉得有人对他说："千万不要把血液给她！千万不要把血液给她！"

天亮后，姑娘问年轻人，想不想永远住在这个美丽的地方，他没立即回答。于是，姑娘接着说："你也看见了，我可以永葆青春，而且没有任何人能管得了我，我想做什么都可以。我从来没有想过结婚的事，但是自从认识了你，我就爱上你了。如果你愿意，我们马上就结婚，幸福快乐地生活一辈子。"

有谁能抵挡得住美人的求婚呢？年轻人差点就答应了，但是他突然想起了小鸟的嘱咐，所以他考虑了片刻才说："亲爱的姑娘，这么大的事情我不能马上就回答你。请你千万不要生气，给我几天时间想想吧。"

"当然没问题。"姑娘回答道，"就照你的意思，好好地考虑一下。"为了讨年轻人的欢心，姑娘带他参观了这里的每一个角落，还在他面前炫耀了自己的宝贝。其实，这些宝贝都是她用魔法变出来的，准确地说，是用所罗门国王的印章戒指变出来的。不管她想要什么，都能用戒指变出来。唯一的缺点是，那些东西没有办法固定下来，过一段时间就会随风飘散，消失得无影无踪。年轻人当然不可能知道这件事，还以为这些全都是真的呢！

有一天，姑娘和年轻人走进了一间密室，里面的银桌上放着一个小金盒。她对年轻人说："这是我的宝贝，是世界上独一无二的一枚金戒指。等到结婚的时候，这就是我送给你的结婚礼物，那时你将成为全世界最幸福的人。但是我有一个条件，我想要你左手小指的三滴血。"

年轻人情不自禁地打了个寒战，小鸟提醒的事情终于发生了。但是，他没有表现出来，也没有直接回答，而是装作不经意地问道："快说说，戒指到底有什么魔力。"

姑娘回答道："没有一个人能彻底弄清楚戒指所有的魔力，因为他们不明白戒指上的神秘文字。虽然我知道得并不多，创造的奇迹却一点儿也不少。如果把戒指戴在左手小指上，我立刻就会变成一只小鸟，自由自在地在天空中飞翔，去任何我想去的地方；如果把戒指戴在左手无名指上，就会变成隐身人，我能看见别人，别人却看不见我；如果把戒指戴在左手中指上，任何东西都伤害不了我，包括水火和所有锋利的武器在内；如果把戒指戴在左手食指上，就能变出我想要的所有东西，想要什么就变什么；如果把戒指戴在左手大拇指上，整只手就会变得力大无穷，不费吹灰之力就能把岩石和墙壁变成碎石。还有一些我不知道的秘密，虽然没有人懂，但是我敢肯定，那里面肯定隐藏着非常重要的秘密。这枚戒指是所罗门国王的，而所罗门国王是世界上最聪明的国王，他的臣民也是最聪明的。没有人知道这枚戒指是从哪里来的，人们都说是天使对这个聪明的国王的奖励。"

暂且不管姑娘的话是不是真的，年轻人告诉自己一定要想方设法得到这枚戒指。虽然他急切地想戴这枚戒指，但是他没有表现出来，也不想主动开口。欣赏了一会儿，姑娘就小心地把戒指放回了盒子里。过了几天，他们又一次说起了那枚神奇的戒指，年轻人趁机说："我不相信那枚戒指真的有那么大的魔力。"

于是，姑娘把戒指拿了出来。她把戒指戴在左手中指上，要年轻人用刀使劲地砍她。起初，年轻人不想这么做，但姑娘坚持要他砍，所以他只好试试。砍第一下的时候，他只觉得好玩，渐渐就越来越认真。他拼命地用刀砍姑娘，姑娘就像被一层透明的保护罩保护着一样，像个没事人一样冲他笑，什么事都没有。接着，姑娘把戒指戴在了无名指上，一眨眼的工夫就从年轻人眼前消失了。过了一会儿，她又笑着站在年轻人身边，那枚戒指就在她手里。

"能让我试试吗？"年轻人恳求道，"如果我也能有魔力，那我就相信这一切都是真的。"

姑娘对年轻人深信不疑，压根儿就没想到他会背叛自己，想都没想就把戒指交给了他。

年轻人装作忘记了戒指的用法，问姑娘，戴在哪个手指上可以变得像铜墙铁壁一样。

"戴在左手中指上就行了。"姑娘笑着说。

姑娘试着用刀去砍年轻人，年轻人也用刀砍自己，结果一点儿都没受伤。接着，他又让姑娘演示一下怎样才能用手劈开石头。姑娘把他带到了一个宽敞的院子里，里面有一块巨大的岩石。"快点，"姑娘说，"把戒指戴在你的左手大拇指上，到时候你就知道自己的左手有多厉害了。"年轻人照做了，果然和姑娘说的一样，他轻轻地一挥手，那块大石头瞬间就变成了小石块。这个机会太难得了，如果失去了，恐怕得后悔一辈子。所以当他们在碎石块上哈哈大笑的时候，年轻人漫不经心地把戒指戴在了左手无名指上。

"瞧瞧，"姑娘说，"你已经隐身了，如果不把戒指摘下来，我就看不见你。"

年轻人犹豫不决，因为他不想把戒指摘下来。所以，他走得远远的。他把戒指戴在自己的左手小指上，然后就像小鸟一样飞上了天。

见此情景，姑娘还以为年轻人是在开玩笑呢，大声喊道："朋友，快回来吧，现在你知道我没有骗你了吧！"但是她没想到的是，年轻人真的飞走了，再也不会回来了。

这时，姑娘才意识到自己被骗了，她后悔莫及。

年轻人飞啊飞，最后来到了教他学鸟语的那位术士的家里。看到了年轻人手上的戒指，术士非常高兴，立刻开始认真地研究上面的神秘字符。他用了整整七个星期，好不容易才解开了戒指之谜。按照戒指上的提示，术士告诉了年轻人一个制伏怪物龙的方法："先准备一匹铁马，在每只马蹄下都装上小辖辘；然后铸造一支三米长的矛，再把戒指戴在左手拇指上，就必胜无疑。但是要记住一点，矛的中间一定要和大树差不多粗，两端一定要又细又尖，中间还要安装两条八米长的铁链。

"当怪物龙冲向矛的时候，你就赶紧用矛把它的喉咙刺穿，然后把链子的两端牢牢地拴在地上的铁桩上，怪物龙就动弹不了了。过两三天，等到怪物龙筋疲力尽的时候，你就可以靠近它了。然后，你再把所罗门国王的戒指戴在左手拇指上，彻底把它打死。但是我要提醒你一点，在靠近怪物龙之前，一定要把戒指戴在无名指上。否则，怪物龙发现你后，就会用长长的尾巴把你打死。大功告成后，把戒指保管好，千万不能被那些狡猾的家伙拿走。"

年轻人向术士道谢后，发誓自己成功后一定会好好答谢他。可是，术士说："这枚戒指已经帮了我很多，我不需要任何东西了。"说完，他们就分手了。年轻人回了家，过了几个星期，他听说怪物龙就在附近，说不定很快就会来这里。国王已经贴出告示，谁能制伏这条恐怖的怪物龙，谁就能成为他的女婿，并且还会赏赐他一大片土地。

于是，年轻人去求见国王，说自己有信心能制伏那条怪物龙，但是国王必须按照他说的做。国王答应了，很快就把年轻人需要的铁马、长矛和铁链都准备好了。但是，铁马实在太重了，一百个人都拿它没办法。年轻人知道，他唯一能依靠的就是戒指的魔力，此外再没有其他办法了。怪物龙离得越来越近，跳两下就能轻松地跨过边境了。时间紧迫，年轻人必须赶紧想办法。如果在后面推铁马，他自己就没办法骑到马背上，但是术士告诉他必须骑在马上。怎么办呢？

正在这时，聪明的乌鸦给他出了个好主意："你骑着马，用长矛撑着地面，就像用桨划船一样。"年轻人尝试了一下，还真的挺管用，铁马顺利地跑了起来。怪物龙已经张开了大嘴，等着猎物自动送上门。再走几步，人和铁马都要被它吞到肚子里了。年轻人吓得浑身发抖，但他还是勇敢地举起矛，使出吃奶的力气刺向它的下颚，接着又赶在它合上嘴巴之前跳到了地上。

随后发出了一声巨响，方圆几里都能听到。他突然意识到，怪物龙已经把矛全部吞进了肚子里。他回过头一看，矛的尖头已经刺穿了怪物龙的上颚，另一端已经扎进了地里。而且铁马把怪物龙的牙齿卡得紧紧地，一点儿劲都使不上，所以他趁机把铁链拴在已经预备好的大铁桩上。怪物龙在地上挣扎了三天三夜，拼命地甩动着它的大尾巴，连大地也开始震动，就像地震一样。最后，当怪物龙耗尽了所有的力气时，年轻人搬起一个需要二十个成年人才搬得动的大石头，用力地砸向怪物龙的脑袋。接着，怪物龙就瘫在地上一动不动了。

太好了，怪物龙终于死了！这个令人激动的消息很快就传遍了四方，人们发出了热烈的欢呼声，并把这个盖世大英雄接到了城里。场面非常热闹，不知道的还以为是在迎接一位有权有势的国王呢。国王根本就不用担心女儿不愿意嫁给他，因为公主早就爱上了这个大英雄。几天后，王宫里举行了一场隆重的婚礼，人们整整狂欢了四个星期。邻国的国王都来了，他们是专程来向这个勇敢的年轻人表达感激之情的，因为年轻人不仅拯救了他们，还拯救了全世界。

在庆祝之余，大家却把一件重要的事忘得一干二净——掩埋怪物龙的尸体。恶臭不仅扰乱了人们的生活，还直接导致了瘟疫的发生，几百人因此而丧命。于是，年轻人决定向东方术士求救，他在魔戒的帮助下飞上了天。有句老话说得好："来

路不正的东西，终究会离自己而去。"年轻人从女巫手中骗来的戒指，最终让他倒了大霉。

自从年轻人失踪后，女巫就四处寻找戒指的下落。后来，她通过巫术得知年轻人变成了一只小鸟，要去寻找东方术士，于是，她变成一只雄鹰在天上等着鸟自投罗网。突然，看到一只鸟的脖子上挂着的戒指时，她立刻就认出了这个欺骗自己的人。她一把抓住小鸟，趁他还没有反应过来，就把他脖子上的戒指抢走了。此时年轻人还是一只鸟，根本来不及阻止她。鹰紧紧地抓着小鸟，落到地面时，他们立刻就恢复了人形。

"你这个没良心的家伙，终于落到我手里了。"女巫怒吼道，"我对你那么好，你不仅背叛了我，还偷我的东西。你把我最珍贵的宝贝偷走了，难道你还想继续做国王的女婿，享受荣华富贵吗？现在你在我的手上，我一定要让你好看。"

"对不起，请你原谅我！"年轻人恳求道，"我知道自己对不起你，所以我一直觉得非常愧疚。"

"别再废话了，"女巫不耐烦地打断了年轻人的话，"你悔悟得太晚了。如果我把你放了，全世界的人都会觉得我是一个傻瓜。你不仅伤害了我的感情，还偷走了我最心爱的戒指，无论如何，我一定要惩罚你。"

说完，女巫把戒指戴在左手拇指上，像拎小鸡一样把年轻人拎走了。但是，她不是要带年轻人去富丽堂皇的宫殿，而是要带他去一个漆黑的山洞里。为了避免年轻人逃走，女巫用铁链把年轻人拴了起来，恶狠狠地对他说："这里一个人都没有，你就在这儿慢慢地等死吧。我会按时给你送吃的，所以你绝对不会饿死，但是你再也别想走出这个山洞一步。"说完，她头也不回地走了。

年轻人迟迟没有回来，国王和公主非常着急。几个星期过去了，年轻人还是一点儿消息都没有。公主经常做噩梦，梦到自己的丈夫正在忍受着折磨，所以她哭着恳求父亲，让他把所有的术士都找来，不管想什么办法，都要把年轻人救回来。但是很可惜，术士们想尽了办法，却只知道他仍然活在这个世上，并且非常痛苦，但是没有人知道他到底在哪里。最后，一个著名的芬兰术士告诉国王，他的女婿被法术高超的女巫囚禁在遥远的东方。

国王立即派使者去东方寻找年轻人，竟然遇到了曾经破解

所罗门国王戒指之谜的那位老术士，他还因此被尊称为全世界最聪明的人。老术士很快就有了答案，找到了年轻人被囚禁的地方。但是他说："女巫把年轻人囚禁在那里，只有我，才能帮你们把他救出来。"

于是，他们一起上路了，在小鸟的指引下，他们只走了几天就找到了那个山洞。此时，可怜的年轻人已经被关了差不多七年。他一眼就认出了老术士，但是他已经瘦得皮包骨头，老术士根本就没认出他来。老术士用自己的魔力打开了锁链，精心地照顾年轻人，直到他恢复体力才开始赶路。回家后，年轻人发现国王正好在那天早上去世了，所以他顺理成章地继承了王位。历经了千辛万苦之后，年轻人终于开始了幸福的生活。不过，没有人知道他为什么没有把那枚戒指带回来，并且谁都没有再见过那枚戒指。

金螃蟹

从前，有一个渔夫，他有三个孩子。每天清晨，渔夫都会出海打鱼，并且把打到的鱼都卖给国王。有一天，他打到了一只金螃蟹。回家后，他用一个盘子把鱼装了起来，把金螃蟹单独放在碗橱下面的架子上。渔夫的妻子年纪大了，洗鱼的时候把长裙挽了起来，脚露在了外面。突然，她听见有人在说话："快把你的长裙放下来，有人看见你啦。"

她回过头一看，竟然是那只可爱的金螃蟹在说话。

"天啊，小螃蟹，你竟然会说话，太可笑了！"听她的语气，似乎不太高兴。她把金螃蟹拿起来，放在了一个盘子里。

渔夫回来后，全家人围坐在一起吃晚饭。过了一会儿，他们就听见金螃蟹轻轻地说："我饿了，想吃点东西。"大家都觉得很意外，但还是答应了他的请求。后来，渔夫清洗金螃蟹吃饭用的盘子时，竟然发现盘子里装满了金子。这

样的事情一连发生了很多天，所以渔夫越来越喜欢这只金螃蟹了。

有一天，金螃蟹对渔夫的妻子说："去告诉国王，我要和他的女儿结婚。"

见到国王后，渔夫的妻子一五一十地告诉了他事情的经过。奇怪的是，国王听说一只螃蟹要娶自己的女儿为妻，没有大发雷霆，也没有立刻拒绝，只是微微笑了笑。国王是个聪明人，他早就想到，这只金螃蟹很有可能是一位王子，所以对渔夫的妻子说："老太婆，回去告诉那只金螃蟹，只要他能在天亮前在我的城堡前筑一道墙，墙必须比我的塔还要高，而且墙上要开满各种各样的鲜花，我就同意这门婚事。"

渔夫的妻子回家后，把国王的话一字不差地转告给了金螃蟹。

听完后，金螃蟹给了她一根金手杖，告诉她："把这根手杖拿去，在国王指定的地方连着敲三下，明天早晨城墙自然会出现。"

渔夫的妻子按照金螃蟹说的做了。

第二天早晨，国王醒来后一看，天啊，真的有一道城墙，简直和他要求的一模一样。

渔夫的妻子又对国王说："尊敬的国王陛下，您的吩咐我已经做到了。"

"很好。"国王说，"但是你还得答应我一件事，我才能把女儿嫁给他。我想在宫殿前建一座花园，里面必须有三个喷泉，第一个要喷出金子，第二个要喷出钻石，第三个要喷出宝石。"

渔夫的妻子又用金手杖在地上连着敲了三下，第三天早上，花园出现了。国王终于同意把女儿嫁给金螃蟹，并且决定第二天就举行婚礼。

于是，金螃蟹对渔夫说："用这根手杖去敲一座山，如果看见一个黑人，他问你想要什么，你就说，'国王是我的主人，他让我来拿他自己那件金光闪闪的衣服，还有王后的那条长裙，就是上面镶满金子和宝石的那件。哦，对了，那个金坐

垫我也要一起带走。'"

　　按照他的吩咐，渔夫把长裙、金衣和金垫子都拿了回来。螃蟹穿着金衣，被渔夫带到了王宫里。金螃蟹让新娘穿上那件漂亮的长裙，然后婚礼就开始了。晚上，等到参加婚礼的人全部离开后，金螃蟹把事情原原本本地告诉了自己的妻子。他说，他本来是这个世界上最伟大的国王的儿子，因为中了魔咒，白天会变成金螃蟹，晚上才能恢复人形。而且，他随时都能变成一只老鹰。话音刚落，他就奇迹般地变成了一个英俊帅气的青年，但第二天早上，他又变成了一只金螃蟹。

王宫里的人都不知道，公主为什么会那么喜欢那只金螃蟹，他们认为其中有什么不可告人的秘密，但是什么都查不到。一年后，公主生了个儿子，叫本杰明。公主的母亲还是觉得整件事有什么蹊跷，她让国王去问问女儿，是不是需要再找个丈夫，但是公主总是想都没想就拒绝了："金螃蟹是我的丈夫，我只爱他一个人。"

"这样吧，"国王接着说，"过几天，我举办一次比武招亲大会，所有的王子都会来参加。谁能让你开心，谁就娶你。"

到了晚上，公主告诉了金螃蟹这件事，金螃蟹对她说："别担心，你用这根手杖去花园门口敲一下，一个黑人就会出来问你：'你叫我来干什么？'你就告诉他：'国王是我的主人，他让我拿他的金铠甲、战马和银苹果。'把这些东西交给我就行了。"

一切都在金螃蟹的预料之中，公主把取来的东西交给了金螃蟹。

第二天晚上，王子全副武装，准备参加比武大会。出门时，他告诉妻子："一定要记住，看见我的时候，不要告诉任何人我就是那只金螃蟹，否则我就会遭殃。你和姐姐们在窗前观看比赛，我骑马经过时会把这个银苹果扔给你，你一定要拿好。如果她们问你认不认识我，你就说不认识。"说完后，他亲吻了公主，叮嘱一番就走了。

公主和姐姐们一起站在窗边观看比武。过了一会儿，王子骑着马经过，把苹果扔给了公主。她拿着苹果回到了房间，很快，王子也回来了。公主一个人都没看上，国王觉得非常奇怪，所以决定再举办一次比武大会。

金螃蟹对公主重复了一遍上次说的话，但不同的是，这一次他要公主拿回来的是金苹果。在参加比武大会之前，王子伤心地对公主说："我知道，今天你一定会背叛我。"

公主发誓，不会告诉任何人他是谁。王子又叮嘱一遍后，就离开了。

到了晚上，公主和她的母亲、姐姐们站在窗边，王子骑马经过的时候，把金苹果扔给了她。公主还是一个人都没看上。

她的母亲很生气，用力地扇了她一耳光，大声说道："你连扔金苹果的那个王子也看不上吗？"

公主小声地说："那个人其实就是金螃蟹。"

公主一直瞒着母亲，所以她的母亲更加气愤了。她冲进女儿的房间，恶狠狠地把金螃蟹的壳丢进了火里。公主伤心地大哭起来，但是有什么用呢，再也见不到她的丈夫了。

有一天，一个老人站在一条小溪边，正要用面包蘸水吃，一只狗突然像发疯一样从水里冲了出来，叼着他的面包就逃走了。老人追啊追，那只狗在一扇门前停住了，推开门走了进去，老人也进去了。他把那只狗跟丢了，却发现自己竟然站在楼梯上，所以从楼梯上走了下来。走着走着，老人看见了一座雄伟的宫殿，进去一看，大厅里放着一张大桌子，足够十二个人一起坐。他藏在一幅巨画后面，想看看到底是怎么回事。

到中午的时候，一声巨响把老人吓了一大跳。他壮着胆子探出头去看，原来是十二只老鹰。接着，恐怖的事情发生了：老鹰们飞到喷泉里洗澡，突然就变成了十二个英俊的青年。然后，他们围坐在桌子旁。其中一个人端着一满杯酒说："希望我父亲长命百岁！"另一个人接着说："希望我母亲永远健康！"他们你一句我一句，都在为自己的亲人祈祷。有一个人是这样说的：

"为我最爱的妻子干杯，

祝她健康长寿，幸福快乐一辈子！

但是我诅咒她那可恶的母亲，

因为是她毁掉了我的金衣盒。"

说着说着，他留下了伤心的泪水。接着，小伙子们站起身来，回到了那个巨石喷泉旁，变成老鹰飞走了。

老人也走了，回到了自己真正的家。没过多久，老人听说公主病了，只有给她讲故事才能救她。所以他去求见公主，把自己在地下宫殿亲眼看到的怪事告诉了她。故事刚刚讲完，公主就急切地问老人，知不知道通往地下宫殿的那条路。

"当然知道。"老人肯定地说。

公主让老人立刻带她去地下宫殿，老人答应了。来到地下宫殿后，他和公主都藏在巨幅画后面，并且告诉她千万不要发出任何声音。很快，老鹰们飞进来了，都变成了帅小伙，公主一眼就认出了自己的丈夫，刚要出去和他相认，却被老人拦住了。小伙子们围坐在桌子边，王子端着一杯酒说：

"为我最爱的妻子干杯，

祝她健康长寿，幸福快乐一辈子！

但是我诅咒她那可恶的母亲，

因为是她毁掉了我的金衣盒。"

听到这里，公主情不自禁地冲了出去，紧紧地抱着自己的丈夫，他们夫妻终于重逢了。他也认出了自己的妻子，对她说："我早就说过有一天你会背叛我，现在你该相信了吧？但是没关系，一切都过去了。再过三个月，我的魔咒就会解除了，你愿意在这里陪着我吗？"

公主对老人说："请您回去告诉我的父母，我要在这里陪我的丈夫。"

老人回来后，如实禀告了国王和王后，他们气得快发疯了。三个月很快就过去了，王子的魔咒解除了，他又变成了英俊帅气的模样，永远不会再变成老鹰了。他们高高兴兴地回家了，一直生活得非常幸福。

玻璃山

　　很久以前，有一座四面光滑的玻璃山，山上有一座由纯金建筑而成的城堡。在城堡的正门前有一棵苹果树，树上结满了诱人的金苹果。

　　谁要想进入这座纯金城堡，那么他必须从苹果树上摘下一个苹果。城堡里有一个四壁全是纯银的房间，房间里坐着一个美丽动人的公主，不过她被施了魔法，不能动弹。公主不仅貌似天仙，而且富可敌国，因为城堡里有许多地窖，里面装满了各种各样的珠宝，城堡里有许多房间，每个房间的角落堆积着许多大箱子，箱子里装满了金子。

　　很多勇士不远千里慕名前来，满怀希望能撞上好运。可他们无一例外失败了，因为他们当中没有一个人能爬上玻璃山。能想到的方法，他们都尝试了，如给马钉上带尖锐钉子的马掌，手脚套上锋利的爪子等，可他们只能爬到山腰，就从陡峭、光滑的山崖上摔了下去。有的人摔断了胳膊，有的人摔断了腿，还有许多勇士摔断了脖子，枉送了性命。

公主就坐在窗前看着那些为她而来的勇士骑着骏马往山上来。而那些勇士只要看到她俏丽的脸，个个都奋不顾身地往上冲。勇气和信心大增，他们从世界各地聚集在山脚下，都想上山营救公主！可是没有人能爬上山。整整七年了，公主坐在窗前，巴望着有一个勇士能上山来解救她。

这一天，已是公主坐在窗前等待的第七年的倒数第三天，一个穿着纯金盔甲的勇士骑着一匹健壮的战马来到了山脚下，他正准备闯这无比艰险的玻璃山。

只见他踢了一下马肚，战马像离弦之箭一样直冲上玻璃山，可冲到山腰，他就勒住战马，掉转马头退了下来。幸运的是，他既没有摔倒，也没有被绊倒，平安地下了山。第二天，他用同样的方法向山上冲去。马跑如飞，登玻璃山简直如履平地，沉重的带长铁钉的马蹄踏在坚硬的玻璃上，火星四射。山下所有的勇士惊奇地看着他，为他的勇猛呐喊助威，因为他即将冲上玻璃山顶，马上就能到达苹果树下了！这时，没有人会料到，一只巨大的秃鹰俯冲下来，用它如两堵墙一般的翅膀狠狠地拍打战马的双眼。

陡然而至的变化让战马十分恐惧，一连退了好几步。它张开鼻孔急促地喘着气，鬃毛都竖了起来，然后奋力跃向高空。可是它的后腿再也无法牢牢站稳，向后滑倒了。紧接着战马及马背上的勇士从陡峭的山顶跌落下来，急速地掉下山去摔死了。

只剩下最后一天了，又一个年轻人来到了山脚下，他看起来文质彬彬，颇有些书生气。尽管他没有那些勇士们身强力壮，但意气风发。虽然在他眼前，有那么多勇士摔断胳膊摔断腿，甚至失去了生命，都不能爬上山去，可是他一点儿也没有恐惧，决心只用脚和手攀登这座无比凶险的玻璃山。

　　早在很多年前，这个年轻人就听父母说起这位貌美如花的公主，说她被困在玻璃山上的一个纯金城堡里。从那时起，他心里就惦记这件事，下决心无论如何要到这座玻璃山上试一试运气。为此，他先在森林里捕获一只山猫，砍下它的四只利爪，绑在自己的手脚上，然后动身来到玻璃山，鼓起勇气开始爬山。

　　已是黄昏时分了，可是这个年轻人一半的路程还没有爬到，就已累得上气不接下气了，嘴里如同放入了一块烧得通红的木炭，无比干渴。这时天上飘来一片乌云，他巴望着乌云能化作一阵雨，哪怕滴下几滴也好。于是他拼命张开大嘴，想让干渴的嘴唇多少碰上几滴雨。可是乌云很快就飘走了，没下一滴雨，他的愿望落空了。

　　真是祸不单行，年轻人的脚也磨破了，沿途都是殷红的鲜血，此时他只能勉强地用双手支撑着。他抬头想看一下是否能看到山顶，可前面都是陡峭的山崖，其他的什么也看不见。他又回头看了一下身后，惊出了一身冷汗。身后是万丈深渊，都是勇士和马的尸骨，许多已高度腐烂，散发出令人作呕的恶臭！这就是那些像他一样怀揣登上山顶梦想的勇士可悲的结局！

　　天已经完全黑了下来，夜空中繁星如织，照得玻璃山晶莹剔透。年轻人只能趴在山上，如今就连双手也满是鲜血，整个人就像被玻璃山吸住一样，再也无法动弹。现在，他早已没有一丝力气了，不必劳神费力往上爬了，当然也不用做爬上山顶解救公主的美梦了。除了静静地等待死神的降临，还有什么希望啊。也许是太累了，他竟然一会儿就沉沉地睡着了，睡得好香好甜，早将

目前的险境忘得一干二净。所幸的是，他的利爪依然紧紧地抓着玻璃，因此虽然他睡得很死，倒也非常安全。

那只将身穿金盔甲的勇士和他的战马拍下山的巨大秃鹰，此刻正栖息在苹果树上。每天晚上，秃鹰都要在玻璃山的上空盘旋，守护这座城堡。这晚，当月亮从云缝里刚钻了出来，秃鹰就从苹果树上展翅飞上高空，在空中巡视的时候，它发现了在山腰熟睡的年轻人。

秃鹰以为年轻人早已死了呢，它正好可以美美地饱餐一顿。它俯冲了下去，直扑年轻人。此时年轻人刚好睡醒，体力也逐渐恢复。他立即警觉到秃鹰要将自己当作食物，于是心生一计，用秃鹰来救自己。

秃鹰冲了下来，将利爪深深地插进年轻人娇嫩的身体里，死死地抓住他。年轻人强忍剧痛，没吭一声，而是用双手牢牢抓住秃鹰的双爪。秃鹰万万没有想到他是一个活人，慌忙展翅带着年轻人绕着城堡的塔尖飞行，并不断晃动利爪，想把他摔下去。年轻人依然紧紧地抓着它的双爪，耐心地等待机会。在空中，他看到闪着金光的宫殿，在月光下宛如一盏暗淡的小油灯；还看到窗前美丽的公主，正心事重重地望着窗外。这时，年轻人惊喜地发现他正在接近苹果树。不，他正下方就是苹果树。机会终于来了，他迅速地腾出一只手，从腰间拔出一把锋利的刀，狠狠地砍向秃鹰的利爪，将双爪齐齐砍断。秃鹰惨叫着，拼命拍打翅膀飞向高空，消失在云层里。而年轻人呢，则直接落在苹果树上。

他静静地躺在苹果树的树枝上，咬着牙将嵌入肉里的利爪小心翼翼地拔出来，然后摘了一个苹果，削了皮贴在伤口上。一瞬间，他的伤口就痊愈了，一下子恢复了以往的强壮，一点儿疲惫和伤痕也没有。他随手摘了几个苹果，揣在怀里，跳下树，大踏步向城堡走去。城堡门口有一条巨龙拦住了他的去路。年轻人一点儿也不慌张，掏出一个苹果，扔向巨龙。巨龙一口咬住，很快就隐身而退。

封闭了多年的城门终于被打开，年轻人昂首走了进去。他看到一个庭院，院子里繁花似锦，绿树成荫，那个美丽的公主和她的侍女正坐在阳台上闲聊呢。

看到年轻人闯了进来，公主惊喜万分，明白她身上的魔法解除了。她立即起身向年轻人跑去，热情地招待了他，将自己全部的金银珠宝无条件地给了他。不用说，年轻人一下子就变得富可敌国，并成为城堡的新主人，当然也成为公主的丈夫。从那时起，他再也没有下过玻璃山，原因当然是那只守护城堡和公主的秃鹰因失去两只爪子，已惨死在玻璃山上的森林里了。因为只有借助它强大的翅膀，才能载着那么多金银珠宝和他们返回到地面。

有一天，年轻人带着他的妻子在王宫的花园里散步。他靠着玻璃山顶悬崖边上的栏杆向下俯视，不由得大吃一惊，山下聚满了人，原先堆积如山的尸骨却不见了。他掏出银哨一吹，城堡的信使——雨燕立即飞到他的跟前。

"下面发生了什么事，你去看看。"年轻人对雨燕说。雨燕如闪电般飞了下去，片刻之后又飞了回来报告："秃鹰的血让下面所有以前死了的人和马复活了，受伤的人和马痊愈了。他们就像睡了一觉，刚从梦中醒来，各自骑在马背上惊叹不已。所有的人都说这是一个闻所未闻、想都不敢想的奇迹，他们这时正在惊喜之中呢。"

绿色小猴子

从前有一个国王，他娶过两个妻子。第一任妻子美丽善良，可惜在生下儿子后不幸病逝了。国王十分爱她，对于她的过世，真是痛不欲生。

在小王子的洗礼仪式上，国王特地邀请邻国一位声名远播的公主做他的教母。她十分仁慈和睿智，是当时人们公认的"仁心女王"。她给小王子取了一个好听的名字，叫阿格菲奇。从那时起，她就时刻牵挂着小王子。

时间总能淡化悲伤，两三年后，国王从悲痛中走出来，他娶了第二任妻子。她也是一位非常漂亮的公主，不过性格就远不如第一任妻子温顺善良了。当她的儿子出生后，她时刻想的就是如何让自己的儿子从阿格菲奇手中抢过王位。每次想到这件事，她就对阿格菲奇恨之入骨。不过，她一直将妒火深藏在心里，一点儿也没有被国王发觉。

后来，她实在无法抑制了，于是，悄悄地派一个对自己忠心耿耿的奴仆，去找她的好朋友大山仙女，想请她替自己杀死阿格菲奇。

大山仙女说会竭尽所能让王后如愿以偿，不过她暂时还不能做任何伤害阿格菲奇的事，因为他现在正被一股强大的力量保护着，她还没办法破除这股力量。

仁心女王也密切地关注着阿格菲奇。虽然两国相隔甚远，她只能在远方默默地关注，她对阿格菲奇所处的险恶环境却看得十分清楚，王后的歹毒用心丝毫逃不过她敏锐的双眼。为此，她特地送给阿格菲奇一颗非常漂亮的红宝石，并叮嘱他要日夜不离身地带在身上，它可以让阿格菲奇免受任何人身伤害。不过，这个宝石护身符有一个小缺陷，那就是只在阿格菲奇所在的国土才有效。关于这一点，歹毒的王后自然也知道，她当然千方百计地让阿格菲奇离开自己的国土，庆幸的是，她的阴谋一直没有得逞。真可以说是祸躲不过，这一天竟然因一件意外的事而突然到来，阴险的王后终于如愿以偿。

事情的起因缘于国王的妹妹。她远嫁到一个遥远的国家，自小与哥哥形影不离，因而对哥哥十分依恋，所以远嫁他国后，依然和哥哥有密切的书信往来。当她听说阿格菲奇的各种稀奇古怪的传闻后，就特别想亲眼看一看自己的侄子，想知道他到底有多英俊多聪明。于是，她再三央求哥哥，让阿格菲奇出访她的国家拜访她。国王当然谨记仁心女王的叮嘱，并没有一口答应，可是王后不停地帮着劝说，国王只好同意了。

阿格菲奇已经十四岁了，正是意气风发的年纪，此时的他英气逼人，又有男子汉的魅力。他的生活一直由王宫里的一名职务非常高的女官全权负责。在他很小的时候，她是阿格菲奇的全职保姆。稍大后，成为他的家庭老师。再大以后，就不再管他了，而改由她的丈夫做阿格菲奇的老师并当了管家。这十四年来，阿格菲奇就同这对知识渊博、品行高尚的夫妇生活在一起，从未分离。他们十分爱阿格菲奇，就像爱他们自己的女儿扎伊特一样。当然，阿格菲奇也十分尊敬他们。

当阿格菲奇起程时，这对夫妇也被委以重任，陪同他远行，加上国王增派的许多侍卫，他们浩浩荡荡出发了。

在自己的国土上时，阿格菲奇一路顺风。可是，一跨过国界，前方就是一片沙漠，他们必须在火辣辣的太阳下行走。一行人没走多远，看到不远处有一片小树林，于是连忙赶过去在树荫下纳凉。这时，阿格菲奇早已口干舌燥，让随从去附近的一条小溪打点水来喝。意外就在这时发生了。当阿格菲奇喝了一口清凉的溪水后，突然从马车上跳了下来，眨眼之间消失得不见踪影。侍卫们四处寻找，可哪里还能找得到他呀。

就在众人为寻找阿格菲奇急得团团转的时候，一只浑身漆黑的猴子从岩石后面跳了出来，对他们说："不幸的人啊，你们不必劳神费力寻找了，赶快回国吧，在最近几年内，你们是不可能找到他的，不过就算他回到你们身边，在短时间内，你们也认不出他。"

说完，黑色猴子就不见了。众人垂头丧气，也不知如何是好。该想的方法都想了，该找的地方也全搜了，可一切都没有用，他们只好返回，如实地向国王禀告这个悲痛的消息。听到王子失踪后，国王当即晕倒在地。从此，他卧床不起，不久就病逝了。

王后成功地让自己的儿子继承了王位，可是她的野心日益膨胀，表面是儿子当了国王，可国家的实权却掌握在她的手中。现在，简直可以用得意忘形来形容她了。她心狠手辣，在她残暴的统治下，国民怨声四起，苦不堪言。国民认定，是她用歹毒的手段让阿格菲奇失踪的。若不是看在她儿子非常仁慈、年轻有为、深受百姓爱戴的分上，国民早就发起暴动，赶她下台了。

老国王去世后，没多久，阿格菲奇的老师兼管家也病死了，于是，他小时候的保姆兼老师，只得带着她的女儿回到自己的家乡。母女俩一直因阿格菲奇的失踪而忧伤，而女儿扎伊特已长大成人，出落得亭亭玉立，美丽动人。

年轻的国王十分爱好打猎，经常带领一帮贵族子弟到附近森林，尽情享受捕杀猎物的快乐。

一天，国王一路追逐猎物足足追了一上午，最后他停了下来，来到附近的小溪边休息，那儿有一片小树林，还有侍从早为他搭好的帐篷。吃午饭的时候，他突然看到一只乖巧伶俐的绿色小猴子，坐在前方的树枝上满含深情地望着他。这一幕令他十分感动，国王吩咐随从们不要惊动他。绿色小猴子也注意到了国王及随从们正看着他，显得十分友善。他不停地在树枝间跳来跳去，最后跳了下来慢慢走近给他食物的国王。他接过食物，轻巧地跳上桌子。国王轻轻地抱起他，对能捕获这么可爱的猎物格外开心，并把他带了回去。

国王亲自照料绿色小猴子，不信任周围的人，唯恐他们伤害了绿色小猴子。没多久，整个王宫的人在茶余饭后，谈论最

多的话题就是那只绿色小猴子了。

　　一天清晨，扎伊特和母亲刚起床不久，就看到众人议论不休的绿色小猴子，从敞开的窗子跳了进来。他是特地从王宫里逃到她家的。绿色小猴子十分有礼貌，对她两十分友好，一点儿也不害怕，好像同她们十分熟悉一般。扎伊特和母亲起初还有些怕他，随后喜欢上了他。他们在一起开心地玩了好几个小时。可是国王很快发现绿色小猴子不见了，派人找到了他，要带他回宫。侍卫们想抓住他，可是他不停地哀号着，显得很不开心。于是，扎伊特和母亲请求国王让绿色小猴子同她们多待几天，国王见此情景也只好同意了。

　　一天晚上，扎伊特和母亲坐在花园里的泉水边乘凉时，发现绿色小猴子正用一种奇怪的眼神看着她们，那表情就像是看着自己心爱的人一样。扎伊特和母亲惊讶不已。紧接着，她们看到一颗颗热泪从绿色小猴子眼里涌出，她们更是难以理解。

第二天，母女俩在花园的凉亭里谈论绿色小猴子的怪异行为。母亲沉默了许久后说："孩子，我有个奇怪的想法，实在忍不住了，要告诉你，我觉得这只绿色小猴子就是几年前失踪的阿格菲奇。如今，他变成了猴子模样，肯定是被人施了魔法。也许这个想法实在太荒谬，可我希望他是真的。我为这件事寝食难安啊。"

她边说边看了一眼那只绿色小猴子，他不停地流泪，并不断地做手势，就像是对她说的话表示赞同。

当天晚上，她就做了一个梦，梦到了阿格菲奇的教母仁心女王。女王告诉她："别哭了，哭没有用，快按我的吩咐照办吧。在你的花园里有一棵大桃树，树下有一块石头，你把石头搬起来，会看到下面有一个水晶瓶，瓶里装满了绿色液体。你拿走瓶子，然后找一个澡盆，放满玫瑰花，将那只绿色小猴子放入盆中，用水晶瓶中的液体擦洗他的身体。之后，奇迹就会出现。"

听完这话，她连忙跑到花园里，找到那棵桃树，搬开石头，果然发现有一个装满绿色液体的水晶瓶。她不敢惊动屋里的佣人，怕走漏风声，只是叫醒女儿，赶紧准备为绿色小猴子洗澡用的物品。扎伊特从花园采摘了大量的玫瑰花，万事俱备后，她们抱起绿色小猴子，将他放入一个大澡盆中，然后用水晶瓶中的绿色液体擦洗他的身体。

没过多久，奇迹出现了，绿色小猴子的皮毛不停地脱落，阿格菲奇高大的身体出现在澡盆之中，他依然那么英俊，那么

有魅力！重逢的喜悦无法用语言表达。母女俩扶王子出来，让他说说这些年的遭遇。阿格菲奇说那次在沙漠里喝了小溪的水后，他就变成了一只绿色小猴子。不久，他遇到了仁心女王，正是在她的指引下，他才能和弟弟相遇。

他们在一起快乐地交谈了几天后，扎伊特的母亲就想，如何顺利地让阿格菲奇夺回原本属于他的王位。

与此同时，恶毒的王后早已坐立不安了。自从她第一次见到儿子带回宫的猎物——绿色小猴子，她就感觉那不是一只普通的猴子，而是阿格菲奇，她想立即处死他，以免夜长梦多。她的猜想很快得到了大山仙女的证实，于是，她急急忙忙去找儿子，哭着对他说："我得到一个准确的消息，有一伙人心怀歹意，他们妄想推举一个会魔法的骗子为王，取代你的王位，你必须毫不留情地下令处死他们。"

对于发动叛乱的人，哪个国王也不会手软。于是，他向母亲保证，他会从严从重处罚那些反叛他的人。可是，他认真细致地调查了这件事后，觉得单凭一个寡妇和她刚成年的女儿要想造反，简直让人难以相信，她们看起来是那么友善，丝毫没有耍阴谋诡计的心机。

想到这里，他决定亲自去调查一下她们，顺便也去看一下那只绿色小猴子，弄清事情的来龙去脉。于是，有一天晚上，他没有告诉母后和众大臣，带着几个贴身侍卫出了王宫，来到扎伊特的家。

母女俩正和阿格菲奇愉快地聊天，听到敲门声，她们一愣，毕竟是深夜了，便让阿格菲奇先躲起来。打开门，看到国王和侍卫后，她们大吃一惊。

"我知道你们在屋里密谋篡夺我的王位，"国王生气地说，"我之所以深夜到这里拜访，就是想当面听听，你们为什么要这样做。"

她们还没有开口回答，躲着的阿格菲奇走了出来，他应声答道："王弟，她们这样做全是为了我，她们的确想帮我夺回王位。"阿格菲奇的突然现身，优雅的举止和彬彬有礼的回答，震撼了国王和他的侍卫。他们惊讶万分，一时手足无措。

国王愣了一会儿，终于认出眼前这个英俊的年轻人就是多年前失踪的王兄，他立即从震惊中清醒过来，朗声说道："没错，你的确是我的哥哥。既然你回来了，王位就应该还给你，我再有理由，也不能占据王位了。"他边说边亲吻了哥哥的手。

阿格菲奇迅速将弟弟搂住，两人拥抱在一起。随后，兄弟俩回到王宫，当着文武百官的面，阿格菲奇从弟弟手中接过象征王权的王冠。接过王冠后，阿格菲奇拿出仁心女王送给他的红宝石护身符，众人见了它，再也没有任何疑虑。这时，突然轰隆一声，红宝石突然炸开了，那个阴险歹毒的王后发出一声惨叫，死了。

阿格菲奇当上国王后，立即迎娶了美丽的扎伊特。婚礼上，仁心女王不远千里赶来祝福他们，使他喜出望外。仁心女王用坚定的语气告诉阿格菲奇：从现在起，大山仙女已经再也没有力量伤害他了。仁心女王特地留在这对新婚夫妇身边，同他们住了好几周，并送给他们许多珍贵的礼物，才与他们依依惜别，回到自己的国家。

阿格菲奇虽然从弟弟手中接过王权，但他坚持与弟弟共享王位，他们健康幸福地活了好久好久，并深受国民的拥戴。

巫　婆

从前，有一个农夫的妻子去世了，给他留下了年幼的姐弟俩。多年来，农夫一直和两个孩子相依为命，竭尽全力地照顾他们。但是不管怎么说，家里没有一个女人照料，总觉得不太妥当。为了两个孩子，为了这个家，农夫决定再娶个妻子。就这样，农夫结婚了，婚后他又有了几个孩子，但一切并不像他设想的那样，他们的生活从此变得一团糟，永无安宁之日。

继母把两个孩子看作眼中钉，对他们不是打就是骂，有时甚至会把他们饿得半死，还经常把他们赶出去，因为她早就想找借口让他们永远离开这个家。她想了很久，终于想到了一个好办法：她让两个孩子去森林里一趟，因为她听说那里有一个可怕的巫婆。

一天早上，继母对两个孩子说："乖孩子，我想让你们去看望一下我的祖母，她就住在森林里。如果你们好好照顾她，她就会送给你们很多东西，还有世界上最好的宝贝呢。"

于是，两个孩子出发了。姐姐是一个聪明的孩子，她对弟弟说："我们还是先去看望我们的祖母吧，告诉她继母让我们去哪儿。"

听完孩子的话，祖母伤心地说："我可怜的孩子啊！我心疼你们，但是又帮不上什么忙。继母让你们去的根本就不是她祖母的家，住在那里的是一个心狠手辣的巫婆。孩子们，一定要记住，对任何人都要有礼貌，要善良，千万不要和别人争吵，更不要拿别人的东西。其实我也不知道，万一没有人帮你们该怎么办。"

两个孩子拿着祖母给的一瓶牛奶、一块火腿和一个面包，慢慢地向森林深处走去。走进森林里，出现在他们面前的是一间恐怖的小屋，被一片密林包围着。他们探头往屋里看，看见一个巫婆躺在地上，头枕着门槛，两只脚伸向两个角落，膝盖竖着，差点就要挨着天花板了。

"你们是谁？"巫婆发现两个孩子后恶狠狠地问道，听起来可怕极了。

虽然两个孩子吓得瑟瑟发抖，一个劲儿地往对方的身后躲，但他们还是礼貌地回答道："早上好，老奶奶，继母让我们来照顾您。"

"好吧，你们就留下来吧。"巫婆粗声粗气地说，"如果你们伺候得好，我就会重重地奖赏你们；如果你们惹我不高兴了，我就会惩罚你们。就这样吧，亲爱的小家伙们！你们看起来娇生惯养的，但是我绝不会心疼你们，咱们走着瞧吧！"

然后，巫婆让姐姐纺纱线，让弟弟用筛子去井里打水，

她自己则去森林里了。姐姐不会纺纱，于是在纺车前哭了起来。突然，她听到了脚步声，原来是小老鼠。它们从屋子里的角落和洞孔里钻了出来，在地板上欢快地跳着，发出了吱吱的声音："小姑娘，你怎么了？眼睛都哭红了。只要把面包给我们，我们就会帮助你。"

女孩想都没想，就把祖母给她的面包送给了小老鼠。然后，老鼠们告诉女孩，巫婆养了一只猫，它非常喜欢吃火腿，只要把火腿给它，它就会带她们走出森林。在接下来的日子里，老鼠们一直帮女孩纺纱，女孩则忙着到处寻找那只猫。猫没有找到，女孩却意外地看见了自己的弟弟，他也遇到了一件麻烦事——用筛子根本就没法装水。他用筛子舀水，但是一提起来水就漏光了。姐姐安慰弟弟的时候，突然听到了翅膀扇动的声音，一群鹡鸰刚好落在他们身边。鹡鸰们说："不要灰心，只要给我们一些面包屑，即便是筛子也能装满水。"

于是，两个孩子把面包屑丢在地上，鹡鸰们高兴地啄食，叽叽喳喳地叫个没完。面包屑吃完后，鹡鸰们对男孩说："用黏土把筛子的孔堵上，就可以装水了。"按照鹡鸰的办法，男孩真的装了满满一筛子水，一滴都没漏。两个孩子进屋时，正好看见小猫懒洋洋地蜷缩在地上打瞌睡。他们轻轻地抚摸着小猫，一边喂它吃火腿，一边说："可爱的小猫，请问我们怎样才能从这里逃出去？"

小猫非常感谢姐弟俩，于是，送给他们一块手帕和一把梳子，并告诉他们，逃跑时如果巫婆追赶他们，就把手帕扔到地上，地上立刻就会出现一条宽阔的大河，拦住她的路。如果她想办法过了河，就把梳子扔到地上，地上立刻就会出现一片茂密的森林。巫婆会在那儿转悠一阵子，他们就可以趁机逃回家。

小猫的话刚说完，巫婆就回家了，她做的第一件事就是看两个孩子的活干得怎么样了。

"哟，今天表现得还不错，"她扯着嗓子说，"但是明天就没这么容易了。如果干不好，我可不会轻饶你们。"

两个孩子吓得浑身直哆嗦，连话都说不出来了。他们躺在角落里的草堆上睡觉，却连眼睛都不敢合上，也不敢乱动。一大早，巫婆命令女孩在日落前织两块麻布，男孩则去劈柴，然后她又去森林里了。她一走，两个孩子就带着手帕和梳子逃跑了。他们跑啊跑，突然被一只看门狗挡住了去路。狗张着血盆大口，疯了般扑了上来，姐弟俩赶紧把剩下的面包扔到地上，狗大口大口地吃着面包，高兴地摇着尾巴。后来，他们又遇到了白桦树，树枝差点就扎到了他们的眼睛，姐姐用丝带把树枝捆好后，他们顺利地跑出了森林。接着，他们来到了一片空地。

这时，小猫正在忙着织布，一边织还一边缠着丝线。巫婆回来了，想检查一下姐弟俩的工作。她小心翼翼地走到窗户前，轻声说："亲爱的孩子，你在织布吗？"

"没错，老奶奶，我在织布。"小猫回答道。

巫婆发现两个孩子逃跑后大发雷霆，一边用饭碗狠狠地敲打小猫，一边说："你为什么要放走那两个孩子？"

小猫卷着尾巴，把脊背伸得直直的，回答道："我伺候你这么多年了，你却连根骨头都舍不得给我吃。那两个孩子比你大方多了，他们把自己吃的火腿给我了。"

接着，巫婆又把看门狗和白桦树狠狠地训斥了一番，因为两个孩子逃走的事它们也有分。看门狗是这样说的："这么多年来，我一直对你忠心耿耿，却连一块面包皮都没有吃过。那两个孩子比你好多了，连面包都给我了，宁肯自己饿肚子。"

白桦树发出了"沙沙"的声音，说："我一直尽心尽力地服侍你，结果你呢，却连树枝都不愿意帮我捆。瞧瞧那两个孩子，他们用最漂亮的丝带帮我把树枝捆好了。"

巫婆知道这些佣人再也不会帮助她了，所以她必须立刻骑着自己的扫帚去把那两个孩子抓回来。两个孩子拼命地跑，扫帚扫地的声音越来越近，于是，他们把手帕往身后一扔，一眨眼的工夫，他们身后就出现了一条又宽又深的大河。

巫婆追到了河边，好不容易在一个合适的地方渡了河，然后继续追，速度越来越快。两个孩子跑啊跑，听到扫帚扫地的声音近在咫尺，姐姐毫不犹豫地把梳子扔到了地上。和小猫说的一模

一样，一片茂密的森林从天而降，森林里的树根、树叶都缠成了一团乱麻，压根儿就找不出一条路来。这时，巫婆骑着扫帚赶到了森林里，却连一条路都没找到，只好垂头丧气地走了。

两个孩子拼命地跑，终于回家了。两个孩子把这些天来发生的事情告诉了父亲，父亲一怒之下，把继母轰了出去，再也不准她回来。从此以后，他们父子三人幸福快乐地生活在一起。

豌豆公主

从前，有一位王子想娶一位真正的公主为妻，因此他四处寻找，始终没有遇到自己喜欢的人。虽然天底下的公主非常非常多，但是王子根本就不知道如何辨别到底谁是真的谁是假的。真正的公主到底在哪里呢？一想到这里，王子就立刻变得心情沮丧。

一天晚上，外面突然狂风暴雨，雷电交加，令人害怕。突然，咚咚咚敲门的声音响起来了，国王赶紧去开门。

原来是一位公主，她淋得像落汤鸡一样，浑身湿漉漉的。瞧，雨水顺着她的头发和裙子一直往下流，流进了鞋里，接着又从鞋跟流到了地上。更令人惊讶的是，就这个狼狈的样子，她竟然还口口声声地说自己是一位真正的公主。

"别着急，我们很快就知道她是不是在撒谎了。"王后默默地想着，没有说出来。她走进卧室，把床上的垫子全都拿起

来后在床上放了一粒豌豆，然后在豌豆上面铺了二十张床垫，最后，又铺了二十床鸭绒被。这是为公主准备的。

第二天早晨，他们问那位公主睡得好不好。

"一点儿都不好，"公主不高兴地说，"我根本就没睡着！我敢发誓床上一定有什么硬东西，躺在上面简直浑身难受，但是我不知道那到底是什么。"

现在，他们可以百分之百地肯定，眼前这位就是真正的公主。很显然，铺了二十张床垫和二十床鸭绒被，还是能察觉到那粒豌豆的人，不是真正的公主，又是谁呢？普通人怎么可能如此敏感呢？

王子和公主很快就结婚了。王子非常确定，他的妻子是一位真正的公主。至于那粒豌豆，一直被收藏在王家博物馆里。如果没有小偷光临，现在我们去博物馆的话还能看见它呢。

夜 莺

这个故事已经是很多年前的事了，但是人们至今仍然没有忘记，所以我觉得你有必要听一听。

中国的皇宫可以说是全世界最雄伟的建筑了，是用极其珍贵的瓷砖砌成的，虽然精美，却非常容易碎，触摸的时候千万要小心。御花园里百花争艳，花上挂着漂亮的银铃，在风中发出叮叮当当的声音，让过往之人情不自禁地停下来欣赏。一切的一切，都令人终生难忘。

花园实在太大了，所以连园丁也不知道花园的尽头在哪里。穿过花园，出现在人们面前的是一片寂静的大森林，树木高大粗壮，湖泊宽阔幽深。森林一望无际，一直延伸到海边，海水很蓝，一艘艘大船从树下驶过。

一只夜莺栖息在树上，它的歌声是那么动听，就连晚上来撒网的渔夫也听得入了迷，呆呆地站在那儿。"太好听了！"

渔夫欣喜地说。但是他必须接着干活，所以很快就把这只小鸟忘得一干二净了。然而等到第二天晚上再听到夜莺的歌声时，他又会说："太好听了！"

很多来自世界各国的旅行者来到皇城后，对皇宫和花园啧啧赞叹。但是，在他们听到夜莺的歌声的一瞬间，不约而同地发出了这样的惊叹："还是这只鸟的声音最迷人啊！"

他们回国后四处传颂，知识渊博的学者们也写了很多文章，都是为了赞美中国的皇宫和御花园。但是，他们说起那只夜莺，都赞叹不已，诗人们也为它献上了最美的诗篇。

这些书很快就传遍了世界各地，有些书还传到了皇帝手中。皇帝坐在金椅上慢慢地翻阅，时不时点点头。"但是，这一切都比不上夜莺！"他看到了这样一句话。

"这是什么意思？"皇帝问道，"夜莺是什么？我们国家有这种鸟，而且就在我的花园里，为什么我从来没有见过呢？"

于是，皇帝把宰相找来问话。宰相非常高傲，似乎谁都看不上。如果是地位比他低的人向他进言，或者请教问题，他只会说一个字——唉！这个字其实并没有什么意思。

"虽然我从来没有听说过夜莺，"宰相说，"但是我一定会找到的。"

其实，宰相根本就不知道该去哪里找夜莺。宰相在皇宫里转来转去，但是没有一个人见过那种叫夜莺的鸟。于是，宰相告诉皇帝，书上的内容都是虚构的。

"尊敬的皇帝，书上的内容不能全信，因为艺术创作中本来就允许虚构。"宰相说。

"不可能！"皇帝大声说，"这本书是日本天皇献给我的，怎么可能是虚构的呢？我不管你用什么办法，一定要找到夜莺！今天晚上，我就要听夜莺唱歌。能得到我的邀请，夜莺肯定会觉得非常荣幸。如果没看见夜莺，晚饭后全体朝廷官员就等着挨板子吧！"

"遵命！"宰相回答道。他像个无头苍蝇一样，在整个皇宫里翻来覆去地找，跟在他后面的是一半的朝廷官员，因为他们都不想挨打。他们四处打听夜莺的下落，却不知道，除了皇宫里的人以外，全世界的人都知道。

最后，他们在厨房里看见了一个穷人家的小姑娘，她说："我见过夜莺，它唱歌特别好听！你们同意我把剩菜带回家给我妈妈吃，所以我晚上回家的时候如果觉得累了，就会在森林里歇一会儿，正好能听到夜莺唱歌。它的歌声多么美妙啊，听得我眼泪直流，就像妈妈在轻轻地吻我一样，我永远不会忘记那种感觉。"

"小姑娘，"宰相说，"今天晚上，皇帝想邀请夜莺进宫。所以只要你能帮我们找到夜莺，我保证会让你在厨房里干活。等到晚宴时，你还可以亲眼见到皇帝。你觉得怎么样？"

小姑娘当然很乐意。于是，他们一起走进了森林，一半的朝廷官员都去了，因为夜莺就是在森林里唱歌的。

走着走着，他们听到了一头母牛的叫声。

"真是太棒了！"大臣们激动地说，"我们找到了！没想到，那么小的动物竟然会发出这么大的声音。我敢肯定，大家以前一定听过。"

"不，这是母牛的叫声！"小姑娘说，"路还远着呢！"

然后，他们又听到了沼泽里的青蛙呱呱叫的声音。"太好了！"一个僧人兴奋地说，"这回总该是了吧，听着和庙里的钟声差不多。"

"不，那是青蛙。"小姑娘又说，"但是我觉得，夜莺就在不远的地方了。"

这时候，夜莺开始唱了起来。

"听，夜莺的歌声！"小女孩高兴地喊道，"它在那儿！"她指着枝头那只深灰色的小鸟说。

"怎么可能？"宰相说，"它怎么可能那么普通呢？没错，肯定是因为看见我们这些尊贵的人，它才会变得黯淡无光。"

"可爱的小夜莺，"小姑娘招呼道，"皇帝想请你进宫一趟，他想听你唱歌。"

"这是我的荣幸！"夜莺回答道。说完，它又欢快地唱起了歌，令人心情舒畅。

"它的歌声和玻璃风铃的声音一模一样！"宰相说，"瞧瞧它的小喉咙！这是我第一次听它唱歌，实在太动听了！我敢确定，它一定会在皇宫里出尽风头。"

"我还要专门为皇帝唱一次吗？"夜莺问，它还以为皇帝就在其中呢！

"亲爱的夜莺，"宰相说，"我真心地希望你能去皇宫一趟，皇帝正在那里等着你呢，他肯定会喜欢你的歌声的。"

"但是我觉得大森林里的日子才是无忧无虑的！"夜莺说。尽管如此，夜莺还是决定去皇宫，为皇帝唱歌。

皇宫里，一切都准备就绪：墙壁上镶着精美而洁白的瓷砖，成千盏金色的宫灯把地板照得闪闪发亮，走廊里到处都是馥郁芬芳的鲜花，还有铃铛清脆悦耳的声音！人们忙得不可开交，热闹的气氛夹杂着响亮的铃声，连说话声都听不见了。

皇帝严肃地坐在大厅中央，旁边有一根金树枝，是专门为

夜莺准备的。听到消息后，皇宫里的人都来了，就连带人找到它的那个小姑娘也可以站在门口观看，不过她现在已经变成御厨了。人们穿得光鲜亮丽，聚精会神地盯着那只灰色的夜莺。这时，皇帝冲夜莺点了点头。

夜莺的歌声美妙动听，皇帝听后流下了感动的泪水。于是，夜莺唱得更加卖力了，也更加动听，深深地震撼着在场的每一个人。皇帝非常高兴，把自己的金坠送给了夜莺，并让它戴在脖子上。夜莺婉言谢绝了，因为它觉得自己已经得到了最大的赏赐："您的眼泪，对我来说就是最大的奖赏！"接着，它开始唱了起来。

"这是我们见过的最迷人的宠物！"宫女们纷纷议论道。她们的嘴巴里都含着水，所以和别人说话时会发出"咯咯"的声音。哈哈，太有趣了，她们把自己也当成夜莺了！还有侍卫和女仆们，他们也都乐开了花。这些人可是最挑剔的，现在也露出了满意的微笑，这实在太难得了！就像宰相说的那样，夜莺在皇宫里出尽了风头。

然而，夜莺再也不能回到大森林里了。从此以后，它必须待在皇宫里，皇帝为它准备了一只精美的笼子，白天可以出去两次，晚上可以出去一次。

皇帝为夜莺安排了十二个仆人，每个仆人手里都抓着一根丝线，丝线把它的爪子拴得紧紧的。这样的飞翔，对夜莺来说一点儿乐趣都没有。

这只神奇的小鸟成了全城人谈论的焦点。但凡两个人见面，一个人说"夜"，另一个人立刻就会说"莺"，接着就是一声长叹，就明白对方的心思了。

还有更夸张的呢，十一家杂货店的老板给自己的孩子取名叫"夜莺"，实际上他们谁都不会唱歌。

有一天，皇帝收到了一个大包裹，上面写着：夜莺。

"不用看，这肯定是一本与那只可爱的夜莺有关的书。"皇帝说。

但是打开盒子后，皇帝看见的并不是一本书，而是一个机械小玩具——一只人造夜莺。如果没有那些钻石、红宝石和蓝宝石，它的模样和真正的夜莺简直一模一样。只要上满发条，它就可以和真夜莺一样唱歌，尾巴上下摆动的同时闪闪发光。它的脖子上还戴着一个金项圈。

"太了不起了！"人们赞叹道。那个献上人造夜莺的人获得了"皇家第一夜莺携带使者"的荣誉称号。

"如果让它们一起唱歌，我们就能欣赏到动听的二重唱了。"人们说。

于是，真假夜莺一起出场了。但是真夜莺是用自己的方式唱歌的，人造夜莺却只会唱华尔兹曲调，所以它们的声音总是不协调。

"这不怪它！"乐师说，"它的节拍一点儿错都没有，和我的风格比较相似。"

就这样，人造夜莺开始单独出场了。它和真夜莺一样，给人们带来了无穷的欢笑和乐趣。而且，和深灰色的真夜莺相比，珠光宝气的人造夜莺明显好看多了。它只会唱一首歌，连着唱三十遍也不觉得累，但是人们还是觉得很好听，想再听一遍。皇帝却听腻了，想再听真夜莺唱——它呢？到哪儿去了？不知道什么时候，它悄悄地从开着的窗户飞走了，回到了森林里。

"怎么办？"皇帝说。

皇宫里所有的人都在痛骂真夜莺，说它忘恩负义。"但是没关系，我们还有一只全世界最好的鸟！"他们说。于是，人造夜莺又开始扯着嗓子唱歌，那已经是它第三十四次唱同一首歌了。不过，他们还是没完全弄明白，因为那个曲调确实很复杂。乐师再次赞赏了人造夜莺，并且拍着胸脯对众人说，人造夜莺比真夜莺好一百倍，因为它不仅有漂亮的羽毛和钻石，而且还有最先进的内在结构。"尊敬的皇帝，各位大人和夫人们，我们永远没办法知道真夜莺会唱什么歌，但是我们能把人造夜莺看得一清二楚。我们了解它，还能把它拆开，看看它到底是怎么唱歌的。"

"没错，我们也是这样想的。"人们异口同声地说。于是，皇帝允许乐师在下个礼拜天向众人展示人造夜莺。"所有的人都可以欣赏它的歌声！"皇帝说。臣民们高兴地欢呼，连声说"好！"兴奋地举起食指，按着节奏打拍子。那个听过真夜莺唱歌的渔夫却说："这只鸟的确唱得很好听，但是我总觉得有什么不对劲，却又说不上来！"

就这样，真夜莺被彻底赶出了这个国家。

人造夜莺就放在皇帝床边的丝绸垫子上，人们送给夜莺的礼物、金子和宝石也都放在那儿。而且，人造夜莺还获得了"皇家歌手"的称号，皇帝把它放在身体左边的最前面，因为他觉得心脏在左边，所以显得更尊贵。

为了详细地描述这只人造夜莺，乐师写了一套二十五卷的著作。这个长篇巨著看起来非常深奥，都是一些生涩难

懂的语言，看到的人却像商量好了似的说自己看懂了，因为他们害怕被别人取笑。一年很快就过去了，包括皇帝、朝廷官员在内的所有人都对人造夜莺的曲调了如指掌。但奇怪的是，他们反而更喜欢它了，甚至开始学它唱，男孩子们在大街上"啦——啦——啦"地唱着，皇帝也经常这样唱，高兴极了！

终于在一个夜晚，这一切彻底变了。皇帝躺在床上听着夜莺唱歌，突然听到"噼啪"一声，似乎人造夜莺的身体里有什么东西碎了，轮子全部停止了转动，音乐消失了。皇帝赶紧爬起来，把御医找来了，但是一点儿用都没有。接着，钟表匠来了，翻来覆去地看了好半天，总算是好了一点儿。但是他告诉皇帝，里面的零件磨损得太厉害了，而且没有可以更换的新零件，所以要尽量少用。从那以后，人造夜莺一年只能唱一次了，即便这样还是不行。为了安抚人们的情绪，乐师发表了一次演讲，说人造夜莺没有任何问题。不管怎么说，日子总得继续过下去。一眨眼，五年过去了，全国上下都沉浸在悲伤之中——皇帝病得很严重，没多少时间了。

在街道上，人们正在关切地向宰相询问皇帝的情况。"唉！"他叹息着，无奈地摇了摇头。

皇帝躺在豪华的大床上，面无血色，浑身冰凉，皇宫里所有的人都以为他已经断气了，所以陆续离开了。大厅和走廊里铺着厚厚的地毯，所以听不到一点儿脚步声。

周围静悄悄的，皇帝迫切地希望尽快打破这种寂静！如果这时候能有人来陪他说说话，或者给他唱唱歌，那该多好啊！只有音乐，才能驱散他心头的愁云，让他再次扬起生命的风帆。窗户敞开着，如水的月光倾泻进来了，死一般的寂静却像坚硬的磐石一样，丝毫没有改变。

"音乐，音乐在哪里？"皇帝拼命喊道，"你这只快乐的小鸟，为什么还不唱歌？我给了你那么多金银珠宝，还把自己的金坠也送给你了，你怎么还不张嘴啊？"不管他怎么说，人造夜莺就像没听见一样，压根儿就不搭理他。也是，没有人给它上发条，它怎么可能唱歌呢？一切还是寂静无声，像凝固了一般。

突然，优美的歌声传到了皇帝的耳朵里，他知道是真正的夜莺回来了，就停在窗外的树枝上呢！它知道皇帝非常需要它，所以专门赶来唱歌给皇帝听，安慰他、鼓励他！听着听着，皇帝顿时觉得血液开始流动，直至奔涌，他又活过来了！

"谢谢你，真的太感谢你了！"皇帝说，"可爱的夜莺，我认识你。你曾经被我赶出了我的国家，但是现在你竟然救了我的命。你说，你想要我怎样报答你呢？"

"我什么都不需要，您做得已经够多了！"夜莺说，"您第一次听我唱歌的时候就泪如雨下，这件事我会一辈子都记得的，因为这对歌手来说是最大的认可。现在，我给您唱催眠曲，您好好歇歇，争取尽快好起来。"在夜莺的歌声中，皇帝很快就进入了甜美的梦乡。

皇帝一觉醒来，神清气爽，他觉得自己已经完全恢复健康了。可是，他连仆人的影子都没看见，因为所有的人都觉得皇帝已经死了。只有忠诚的夜莺一直陪在皇帝身边，它美妙的歌声就是皇帝最大的安慰。

"你会一辈子陪着我吗？"皇帝说，"你想什么时候唱，就什么时候唱，我保证再也不会强迫你。还有，那只人造夜莺在哪儿呢？我要把它砸得稀巴烂。"

"请您不要那样！"夜莺说，"不管怎么说，它已经尽了自己最大的努力，就把它留下来吧。我没办法在皇宫里筑巢，所以不能住在这里，请您允许我想什么时候来就什么时候来吧。天黑的时候，我会停在窗外的树枝上为您唱歌，让您高兴。我会唱欢快的歌，也会唱悲伤的歌，还会把您身后的邪恶和正义统统唱出来。"为此，这只会唱歌的夜莺飞了很多地

方，去过渔夫的小房子，去过农夫的茅草屋，去过除了皇宫以外的很多很多地方。

"对我来说，我更爱您这个人，而不是您的皇冠。在为您唱歌之前，您能答应我一个条件吗？"夜莺说。

"没问题！"皇帝爽快地答应了，然后站起来，穿上了龙袍，佩上了宝剑，宝剑上镶满了璀璨夺目的金银珠宝。

"求您，永远不要告诉任何人，我能告诉您所有的事，那样会少很多麻烦。"话音刚落，夜莺就飞走了。

这时候，仆人走了进来，他是来看皇帝的。哦，不对，应该这样说，他是来看皇帝是否还活着。却没想到，皇帝高兴地对他说："早上好！"

坚定的锡兵

很久以前，有二十五个小锡兵，他们是用一个旧的锡汤匙铸成的，所以是好兄弟，一起住在一个小盒子里。他们都穿着红蓝相间的制服，肩上还扛着枪，目视前方。有一天，一个小男孩打开盒盖，高兴地拍着手说："看啊，是小锡兵！"这是小锡兵们第一次听见人说话。

小锡兵们是小男孩的生日礼物。小男孩把小锡兵们摆在桌子上。除了一个小锡兵以外，所有的小锡兵几乎长得一模一样。他是最后铸成的，只有一条腿，因为当时锡快用完了。尽管如此，他丝毫不比那些两条腿的小锡兵们差，同样站得稳稳的。正因为如此，他反倒有了一些名气。

桌子上还有许多玩具，那座精致可爱的小城堡是其中最漂亮的。它是用纸板做成的，透过窗户，就能把里面的房间看得一清二楚。在城堡的前面，一面小镜子被小树环绕着，应该是湖泊，上面还有一只用蜡做成的小天鹅自由自在地游着，倒映在清澈的湖水中，看起来简直太美了！

而城堡中最吸引人的是一个娇小的姑娘，她就站在城堡的门口。和她比起来，一切都显得黯淡无光。她是用纸剪成的，身上穿着漂亮的纱裙，肩上披着蓝色细丝带做成的围巾。围巾被一朵金纸做的玫瑰花在中间固定着，这朵花和她的头差不多大。她是一个舞女，向前伸展着双臂，一条腿抬得高高的，小锡兵看不见，还以为和他一样，也只有一条腿呢！

"如果她是我的妻子，那该多好啊！"小锡兵自言自语，"可是她看起来那么高贵典雅。她住在城堡里，我却和兄弟们一起挤在一个盒子里，她怎么可能和我在一起呢？不管怎么说，我都要想办法认识她。"说做就做，一条腿的小锡兵从盒子里出来了，藏在桌子上鼻烟盒的后面。这样一来，他就可以时时刻刻地看着这个美丽的姑娘了。瞧，她单腿站立，却站得稳稳当当的！

天黑了，小锡兵们都回到盒子里了，屋子里的人也都进入了梦乡。这时，桌上的玩具开始办起了聚会：他们相互拜访，欢快地跳舞、打闹。盒子里的小锡兵们也没闲着，他们想了很多办法，却怎么也打不开盒盖。胡桃夹子学起了蛙跳，粉笔绕着石板飞快地旋转，热闹极了！金丝雀被吵醒后，也打开了话匣子。只有独腿小锡兵和小舞女静静地站在原地。她仍然单腿站立，优雅地挥舞着双臂，小锡兵也仍然单腿稳稳地站着，眼睛直勾勾地盯着小舞女，一分钟都不曾挪开过。

午夜的钟声响起的时候，鼻烟盒的盖子突然飞起来了，里面除了一个黑色的讨厌鬼以外，什么都没有——这正是它的奇特之处！

"你好，小锡兵！"讨厌鬼热情地说，"到此为止吧，看那些不属于你的东西有什么用呢？"

但是，小锡兵根本就不在乎，就像没听到一样。

"算了，还是明天再说吧。"讨厌鬼说。

孩子们起床后把小锡兵放在了窗户上。不知道是因为起风了，还是讨厌鬼在恶作剧，窗户突然开了，可怜的小锡兵从三楼窗户上栽到了地上。太可怕了！小锡兵头着地，腿悬空，肩上的枪戳进了两块石板之间的空隙里。

保姆和小男孩赶紧跑下去寻找小锡兵。虽然小锡兵就在眼前，几乎就要踩到了，他们却压根儿就没看见。假如他能说话就好了，只要大喊一声，马上就会获救。但小锡兵觉得自己穿着制服，哭喊太丢人了。

不久，下起了毛毛细雨。很快，雨下得越来越大，变成了倾盆大雨。雨停后，两个小男孩从街道上走了过来。

"快来啊！"一个男孩大声叫道，"这里有一个小锡兵！他不是应该在船上航行吗？"

于是，他们用报纸做了一只小船，把小锡兵放在里面，让他在水槽里游来游去，看得孩子们一边鼓掌一边欢呼。水槽里水流湍急，巨浪翻滚，纸船左摇右晃，一不小心就会翻个底朝天。行驶到水槽的中间时，船颠簸得更厉害了，小锡兵吓得浑身发抖。但是，他很快就镇定下来了，扛着枪，直直地望着前方。突然，小船驶进了一条又长又黑的地道里——和他以前居住的盒子差不多。

"天啊，这是什么地方？"小锡兵惊恐地说，"都怪那个该死的讨厌鬼！如果那个跳舞的姑娘在船上陪着我，那就再好不过了。就算比这儿黑一百倍，我也不会放在眼里。"

突然，一只住在地道里的大老鼠走到了他面前。

"你有通行证吗？给我看看。"老鼠问道，"没有通行证就赶紧走。"

小锡兵一句话都没说，但是手中的枪握得更紧了。

小船继续行驶，老鼠在后面紧紧地跟着。他恨得牙根直痒痒，对着木屑和稻草吼道："把这个家伙抓住，赶紧抓住！他

没有通行证，他没有出示通行证！"

这时，水流更快、更猛烈了。胜利就在眼前，小锡兵已经可以看见地道尽头的阳光了。但是，那轰隆隆的声音不停地在他耳边回响，即便是真正的勇士，也会觉得不寒而栗。让我们来发挥一下自己的想象：在地道的尽头，水槽里的水汇入一条宽阔的运河里。对他而言，这种危险和我们从瀑布飞流直下有一拼。

现在，小锡兵虽然离终点只有最后一步，却再也无力控制小船了。小船继续航行，可怜的小锡兵使出全身的力气让自己坚强地挺立着。从此以后，再也不会有人因为他曾经像懦夫一样退缩而嘲笑他了，再也不会了。小船在漩涡中转了三四回，里面已经灌满了水，所以开始慢慢地往下沉。不一会儿，水已经没过了小锡兵的脖子。船越来越下沉，小锡兵彻底被水淹没了。在生命的最后一刻，他唯一想念的就是那个美丽、可爱的舞女，这一次他们真的要永别了。可是，他的耳边总是回想着：

"冲啊，冲啊，勇敢的士兵！在死神面前，你也觉得胆战心惊！"

纸船变成了两半，小锡兵永远地消失了——一条大鱼把他吞进了肚子里。

鱼肚子里黑漆漆的，简直比之前的地道还要黑，而且密不透风。然而，我们坚定的小锡兵还是一动不动地平躺在那儿，肩上仍然扛着枪。

这时，鱼不停地翻动，做垂死挣扎，然后就一动不动了。后来，这条鱼被抓住了，来到了厨房的砧板上。一把锋利的大刀把鱼肚剖开了，一道闪电瞬间穿透了鱼身，阳光照了进来。一个人高兴地说道："快看啊，这里有个小锡兵。"厨娘用手指把小锡兵拈了出来，把他拿到了房间里，很多人想见识一下这个从鱼肚子里出来的大英雄——小锡兵本人可一点儿都没骄傲！

他们把小锡兵放在桌子上。奇迹就这样发生了，小锡兵竟然又回到了原来的房子里。他又看见了那群可爱的孩子、桌子上的玩具和金碧辉煌的城堡，更重要的是那个优雅美丽的舞女。瞧瞧，她依然单腿站着，另一条腿则高高地伸向空中，看起来很稳当。那一刻，小锡兵几乎流下了感动的泪水，但眼泪似乎不太符合他士兵的身份。小锡兵呆呆地凝视着小舞女，小舞女却一言不发。

不知道什么原因，一个小男孩突然把小锡兵扔进了火炉，鼻烟盒里那个黑色的讨厌鬼肯定正在火炉的底部等着他呢。

可怜的小锡兵只能静静地躺在那儿，疼痛难忍，就连

他自己也不知道，这钻心的痛苦到底是来自于周围熊熊燃烧的烈火，还是他心中无法抑制的怒火。小锡兵身上的颜色已经几乎看不见了，有谁知道，这到底是他艰难经历必须付出的代价，还是他饱受煎熬的必然结局呢？他和那个小舞女对望，他知道自己正在熔化，却依然扛着枪骄傲地挺立着。

突然，门开了，身形娇小的舞女被一股神奇的气流带到了小锡兵的身边，化作熊熊烈火——她的生命就这样画上了句号。渐渐地，小锡兵也化成了一小块。等到第二天早上，女仆来清扫灰烬的时候才看见，小锡兵已经变成了一个心形。那个小舞女却彻底被熔化了，留在这世上唯一的东西就是一朵镀金的玫瑰花，如焦炭一般。

魔　戒

　　从前，有这样一对老夫妻，他们有一个独生儿子叫马丁。一天，马丁的父亲死了。虽然他辛苦了一辈子，全部财产却只有两百弗罗林。马丁的母亲决定，先把这笔钱存起来，等到日子过不下去的时候再花。但是，粮食快吃光了，再不去买的话就要饿肚子了。既然有钱，那就赶紧去买粮食吧。母亲给了马丁一百弗罗林，让他去镇上买粮食，足够吃一整年的。

　　马丁立刻向小镇走去。到了卖肉的地方，他发现那里乱糟糟的，怒骂声和狗叫声交杂在一起，热闹极了。透过拥挤的人群，马丁看见一条狗被几个屠夫绑在柱子上，遭到了无情地鞭打。马丁觉得那条狗很可怜，就问屠夫们："亲爱的朋友，这条狗到底犯了什么错，你们要这样对它？"

　　"当然有原因，"他们生气地回答，"我们刚宰了一口猪，就被这个可恶的家伙吃了。"

"求你们别打它了，"马丁说，"干脆把这条狗卖给我吧。"

"你想把它买下来？"屠夫们嘲笑地说，"这可是个宝贝，你得给我们一百弗罗林，少一个子儿都不行。"

"什么？一百弗罗林！"马丁惊叫道，"既然如此，那就按你们说的吧。"说着，他把口袋里的钱递给了他们，买下了这条幸运的狗——舒尔卡。

马丁回家后，母亲看见他的第一句话就是："你买了什么？"

"一条叫舒尔卡的狗。"马丁一边指着他的新伙伴，一边回答道。母亲气得浑身发抖，不停地责骂他。这也不能怪母亲，家里的粮食眼看着就要吃完了，马丁竟然花那么多钱买一个毫无用处的狗，实在是太不懂事了。但是，钱已经花了，狗也已经买了，打骂又有什么用呢？

第二天，母亲给了他仅剩的一百弗罗林，对他说："去镇上买点粮食回来，记住，我们只有这些钱了。我用柜子里最后的一点儿面粉做了一个薄饼，最多只能撑到明天。"

马丁刚刚走进镇子，一个看上去很粗鲁的农民就迎面走了过来。他手里牵着一根绳子，绳子拴在小猫的脖子上。

"请等一下，"马丁喊道，"你要把这个可怜的小家伙带到哪儿去？"

"我要把它扔进河里。"农民气冲冲地回答道。

"它怎么得罪你了？"马丁问。

"它刚刚咬死了我的鹅。"农民回答道。

"放了它吧，或者卖给我。"马丁请求道。

"一百弗罗林，少一点儿都不行。"农民回答道。

"真的吗？"马丁说，"说话算话，给你钱。"说完，他掏出钱来给了农民。农民把钱装进了口袋，马丁成了这只猫的主人，它叫瓦斯卡。

马丁一进家门，母亲就迫不及待地问他："你买的东西呢？"

"喏，就是这只猫，它叫瓦斯卡。"马丁回答道。

"还有呢？"母亲问。

"买这只猫花光了我所有的钱。"马丁回答道。

"你这个败家子！"母亲气急败坏地说，"还愣着干吗，立刻从我眼前消失，去乞讨吧！"马丁不敢违抗母亲的命令，于是带着舒尔卡和瓦斯卡走出了家门，想去最近的村子找活干。途中，他遇到了一个有钱的农民，农民问他去干吗。

"我想找份工作。"马丁说。

"那就去我家吧。但是我要告诉你的是，我雇人帮我做事，一分钱都不会给。如果你老老实实地帮我干一年，你绝对会有意想不到的收获。"农民说。

马丁同意了。他辛辛苦苦地忙活了一年，像一头老黄牛一样勤勤恳恳地工作，从来没有偷过懒。在主人兑现承诺当天，他把马丁领进了谷仓，指着两个装得满满的大麻袋说："你想要哪个？"

马丁看了看，发现一个袋子里装着银子，另一个袋子里装的则是沙子，他心里想：这一定是陷阱！保险起见，我还是选沙子吧。于是，他扛着沙袋离开了，继续找活干。他走啊走，不知不觉就走进了一片阴森森的大森林。走到森林正中间的时候，他看见了一片草地，草地上还有一堆燃烧着的火，一个美丽的女孩被火重重包围，情况非常危险。马丁从来没有见过如此美丽的女孩！女孩看见马丁后，大声对他说："亲爱的马丁，快救救我，我保证会让你幸福的！赶紧用沙子把火扑灭！我听说，这是你忠心耿耿地为主人做事的报酬。"

"是啊，"马丁终于回过神来，"与其把沙子扛在肩上，什么用都没有，还不如用它去救人呢！"马丁想都没想，就把麻袋里的沙子都倒进了火堆里，火很快就灭了。但是没想到，那个女孩突然变成了一条蛇，缠绕在他的脖子上，小声地在他耳边说："别怕，马丁，我爱你，愿意陪你去天涯海角。但是现在，你必须变得大胆点，和我一起去我父亲的王国，王国就在我们脚底下。到了那儿，不管我父亲给你金子或银子，还是闪光的宝石，千万别碰。你只要他小手指上的那枚戒指就行了，因为它有一种神奇的魔力。你只要把戒指从一只手扔到另一只手里，立刻就能看见十二个壮小伙儿，他们都是你的奴仆，你要他们做什么，他们就做什么。而且，不管是什么难事，只要一晚上，他们就肯定能完成。"

说完，他们就上路了。走了很久很久，看见一块巨大的岩石笔直地竖立在路的中间。突然，蛇滑倒在地上，一沾到潮湿的泥土，就立刻变成了原先那个美丽的女孩。她指着岩石，告诉马丁入口的位置，人刚好可以弯着腰爬进去。他们钻进岩石，接着又进入了一条长长的地下通道。通道的尽头是一片宽广的田野，田野中矗立着一座雄伟的城堡，城堡是用斑岩石砌成的，屋顶是用黄金做的，城垛也金光闪闪的。那个美丽的女

孩告诉马丁，她的父亲就住在这座宫殿里，掌管着他的地下王国。

看见他们走进宫殿，国王高兴地伸出双手拥抱他们，并对女儿说："我的宝贝，这些年你去哪儿了？我还以为这辈子再也不能和你见面了呢！"

"亲爱的父亲，"女孩回答道，"是这个年轻人救了我。如果不是他，我就再也见不到您了。"

国王听后，感激地对马丁说："勇敢的年轻人，我要好好地奖赏你。说吧，你想要什么，要什么都行。金子、银子，还是宝石，想要多少就拿多少。"

"尊敬的国王陛下，您的好意我心领了，"马丁回答道，"但我救人并不是为了金银财宝。如果您真的要感谢我，就请您把手上的戒指赏给我吧。那样的话，我一看见戒指，就会想起您。等到我结婚的时候，我就把这枚戒指送给我的妻子。"

国王把戒指送给了马丁，并且叮嘱道："收好了年轻人，但是你要答应我，千万不要告诉任何人这枚戒指有魔力。只要有一个人知道了，你立刻就会倒大霉。"

马丁收下了戒指，向国王道谢后就告辞了。他沿着原路返回到地面后，径直朝老家奔去。母亲还住在老房子里。他们的生活风平浪静，就连他们自己也认为会这样继续下去，不会有任何改变。但是突然有一天，马丁告诉母亲，他想结婚，想和国王的女儿结婚。他不知道怎么去求亲，于是，拜托母亲去办这件事。

"请您去拜见国王，"他对母亲说，"让他同意我和她的女儿结婚。"

"我的孩子，你知道自己在说什么吗？"母亲瞪着眼睛问道，"我觉得你还不如娶一个和咱们门当户对的女孩呢！这总比让我这个穷老太婆去王宫里提亲，求国王答应让你们结婚容易得多吧！如果你真的要我去做那样的傻事，那么我们俩可能会连命都没了。"

"没事的，亲爱的母亲，"马丁镇定地说，"相信我，您一定会顺利地办成这件事的。但是您必须记住，如果国王没有回复您，就千万不要回来。"

没有办法，母亲只能硬着头皮慢慢地向王宫走去，没有任何阻拦，直接就来到了王宫的庭院里。正当她要踏上通往王宫会客厅的台阶时，突然看见大臣们穿着盛装，整整齐齐地站在台阶前。他们吃惊地望着眼前这个陌生的老妇人，大声喊叫着，比画着，让她立刻停下来，不要再往前走一步。但是，为了儿子的终身幸福，警告也好，威胁也罢，她管不了那么多了，继续往前走。

大臣们冲上去一把揪住她，用力地推她，老妇人拼命地大叫。叫嚷声传到了国王的耳朵里，他来到阳台上，想看看到底是怎么回事。他看到老妇人挥舞着双臂，看起来非常野蛮，还不停地尖叫，说自己有事想亲自向国王禀告，说完就走。于是，国王命人把老妇人带进了富丽堂皇的会客室。国王靠着蓝紫色靠垫端坐，四周围着一帮大臣。老妇人深深地鞠了一躬，静静地站在国王面前，什么话也没说。国王问她："你找我有什么事？"

"是这样……"马丁的母亲吞吞吐吐地说，"尊敬的国王陛下，请您别生气，我是来提亲的。"

"我看你是疯了吧。"国王气急败坏地说。

马丁的母亲毫不畏惧，接着往下说："尊敬的国王陛下，请您听我把话说完，然后再答复我，到时候您就晓得我不是疯子了。我知道，您有一个宝贝女儿，到嫁人的时候了吧，所以我的儿子让我来向您提亲。他聪明绝顶，无所不能，绝对是整个王国里最适合做您女婿的人。我的话说完了，现在，您能答应把女儿嫁给我的儿子吗？"老妇人的话让国王一头雾水，表情越来越凝重，似乎正在酝酿什么可怕的想法。

突然，国王想到，他身为一国之王，根本没有必要和这个穷酸的老妇人怄气，那样简直就是自降身份。于是，他紧锁的眉头舒展了，紧闭的嘴巴张开了，心情渐渐平复了，好言好语地对老妇人说话，不过其中的嘲讽意味非常明显："如果你说的都是真的，那好吧，让你儿子在二十四小时内，在我的宫殿正对面建一座高大雄伟的城堡，并且用水晶桥和宫殿连起来；桥的两边要种很多很多树，树上挂满金苹果和银苹果，还要有成群结队的天堂鸟栖息在树枝上。还有，桥的右边必须有一座教堂，教堂里要有五座金顶塔。只要他能做到这些，就让他们在新教堂里举行婚礼吧，我绝不会反悔。但是要提醒你们的是，我是一个温和而公正的国王，如果他达不到我的要求，你们两个就要被浑身涂满焦油，粘上羽毛，在大庭广众之下被处以火刑，好让我的大臣们以此为戒。"

说完，国王的嘴角露出了一丝笑容，大臣们则嘲笑起了老妇人的愚蠢，对国王的高招连连称赞："哈哈，全身涂油，再粘上羽毛，想想就觉得太可笑了。要想做成所有的事，是不可能的。"

可怜的老妇人吓出了一身冷汗，颤抖着问："尊敬的国王陛下，您真的要这样吗？我的儿子必须接受您的旨意吗？"

"当然！我的命令谁敢不听？如果你的儿子做到了，就和我的女儿结婚；如果做不到，你们俩就接受惩罚吧。"

在回家的路上，老妇人伤心地哭了起来。一进家门，她就把国王的话告诉了马丁，然后扯着嗓子哭骂道："我早就跟你说过了，娶个门当户对的妻子就行了。如果你听我的话，今天就不会落得这样的下场了。我去王宫，其实是提着我们两个人的脑袋去的。现在好了吧，我们俩都要全身被涂满焦油，粘上羽毛，在大庭广众之下被活活烧死，想想就觉得害怕。"母亲一边大哭，一边埋怨着马丁。

"放心吧，母亲，我们一定会没事的。"马丁回答道，"去睡觉吧，一觉醒来，什么问题都解决了。"

马丁走到小屋的前面，把戒指从一只手扔到了另一只手里，眼前立刻出现了十二个壮小伙儿，问马丁想让他们做什么。马丁把国王的命令告诉他们了，他们向马丁保证，第二天早晨一定完成任务。

第二天一早，国王醒来后往窗外一看，目瞪口呆，一座雄伟的城堡拔地而起，就在自己宫殿的正对面，还有一架水晶桥把宫殿和城堡连在一起。

桥两边有很多树，树枝差点就被数不清的金苹果和银苹果压弯了腰，还有成群结队的天堂鸟在上面歇息。桥右侧还有一座金碧辉煌的教堂，教堂有五座金顶塔，在阳光下散发着耀眼的光芒。教堂的钟声响起来了，仿佛是在叫所有的人来欣赏这个罕见的奇观。现在，虽然国王满脑子里想的都是把这个未来的女婿涂满焦油，粘上羽毛后送上断头台，但是他又不能说话不算话，只能打掉牙往肚子里咽，把女儿嫁给了他。不仅如此，国王决定封马丁为公爵，还给了公主非常多的嫁妆，婚礼也是热闹非凡。到今天为止，王国里的人们还对那场婚礼津津乐道。

婚后，马丁和公主一起搬进了那座金碧辉煌的新宫殿，生活得非常幸福。马丁做梦也没有想到，自己竟然会这么好命，他觉得自己是全世界最幸福的人。公主却一点儿也不开心，她从心底里觉得马丁根本就配不上自己，觉得嫁给他特别丢脸。而在此之前，她一直幻想着自己的白马王子是某个王国有钱的年轻王子，很明显，马丁和她的要求差了十万八千里。

和马丁生活的每一天，对公主来说都是巨大的折磨，她无时无刻不在想办法甩掉这个讨厌的丈夫。但是在把马丁赶走之前，公主想先把马丁魔法的秘密搞清楚，于是对他说了很多甜言蜜语。一开始，马丁一个字都不肯透露。但是有一次，看见马丁心情特别好，公主便满脸微笑地靠近马丁，竭尽全力恭维他，并递给他一小杯酒。酒很香，劲很大，马丁刚喝完，就再也管不住自己的嘴巴说个没完，把一切都告诉了公主。他说，他的魔力来自于他手上的那枚魔戒，还把魔戒的使用方法告诉了公主。说着说着，他就沉沉地睡了过去。公主趁机把马丁手指上的魔戒摘了下来，跑到院子里，把戒指从一只手扔到另一只手里。

十二个壮小伙儿立刻站在了公主面前，问公主有什么吩

咐。公主命令他们在第二天早上之前，把新城堡、水晶桥和教堂统统搬走，然后再把马丁以前和母亲一起住的那间简陋的小屋子搬到这里来，趁马丁睡着的时候把他挪到小屋里。此外，还要他们把自己送到世界的尽头，那里的老国王会热情地欢迎她，那么隆重的欢迎仪式，只有尊贵的公主才配得上。

"遵命！"十二个小伙儿爽快地答应了。天啊，发生了什么事？第二天早上，国王一觉醒来，惊讶地发现新宫殿、水晶桥、教堂、绿树都消失得无影无踪，除了一间破旧不堪的小屋子外，什么都没有了。

国王马上派人去把自己的女婿找来，让他解释清楚。可是，马丁望着国王，什么话都说不出来。国王大发雷霆，召集所有的大臣开会，宣判马丁有罪，罪名是施展妖术、欺骗国王、拐走公主。最后，马丁被关进了一座高高的石塔里，没有吃的，也没有喝的，就是要活活饿死他。

在马丁陷入绝境的时候，他的老朋友舒尔卡和瓦斯卡从天而降，它们是来报答主人救命之恩的。舒尔卡气急败坏地怒吼着，想把冤枉主人的家伙撕成碎片；瓦斯卡却冷静多了，它在想办法。过了几分钟，它终于想到了一个好办法："舒尔卡，咱们一起进城吧。遇到面包师傅时，你就冲到他的双腿之间，他头上的盘子肯定会掉到地上，到时候我就把那些面包卷捡起来，给主人送去。"说完，它们就出发了。这两只忠诚的小动物很快就跑到了城里，一切都按照计划行事。它们看见了一个面包师傅，头上顶着一个盘子。面包师傅一边警惕地看看四周，一边大声吆喝道："刚出炉的面包卷来了，还有美味的蛋糕，花式面包太神奇了。看一看，瞧一瞧，一定能选到你喜欢吃的面包。"

突然，舒尔卡一下子冲到了面包师傅的两腿之间，差点把他绊倒了，盘子翻了，面包卷都掉到了地上。面包师傅气呼呼地追赶舒尔卡，瓦斯卡趁机飞快地把面包卷拖到了矮树丛后面，那里一个人也没有。过了一会儿，舒尔卡也来了，它们带着面包卷，好不容易才来到关押马丁的石塔前。瓦斯卡动作敏捷，它沿着外墙往上爬，爬到装着栅栏的窗户边，着急地喊道："亲爱的主人，你还好吗？"

"这次死定了，我马上就要饿死了，"马丁回答道，他已经非常虚弱了，"我从来没有想过，我的生命竟然会以这样的方式结束。"

"亲爱的主人，别怕！我和舒尔卡一定会保护你的。"话音刚落，瓦斯卡就爬上去，给马丁送了一个面包卷。它来回跑了很多次，给马丁送了很多面包卷，整整一盘。"亲

爱的主人，我打算和舒尔卡去帮你把魔戒拿回来。那个地方非常远，在世界的尽头，所以你要节省点，一定要撑到我们回来。"

瓦斯卡告别了主人和舒尔卡上路了。它们走了很久很久，四处寻找公主留下的痕迹，再按照这些痕迹向它们遇到的所有的狗和猫打听魔戒的消息，并且聆听每一个过路人的谈话。他们好不容易才打听到，在世界尽头的王国就在不远处，就是十二个壮小伙儿把公主带到那里去了。终于有一天，它们一来到那个遥远的王国，就迫不及待地走进了宫殿。

　　它们广结好友，等到宫里的狗和猫都成为它们的好朋友时，就向它们打听起了公主和魔戒的消息，但是谁都不知道。说来也巧，一天，瓦斯卡到宫里的地窖找老鼠时，逮到了一只罕见的大老鼠，它长得特别肥胖。瓦斯卡饿极了，正准备把老鼠吞进肚子的时候，却听见老鼠可怜兮兮地在求饶："求您放了我吧，我一定会报答您的。我是鼠王，如果我死了，整个鼠族会遭遇灭顶之灾。"

　　"没问题！"瓦斯卡说，"我答应放了你，但是你必须帮我一个忙。这座城堡里住着一位公主，她是我主人的妻子，是一个坏心肠的女人，把我主人的魔戒偷走了。不管你想什么办法，一定要帮我把魔戒拿回来，知道了吗？如果你做不到，我的爪子就永远不会松开。"

　　"好吧，听你的。"说完，鼠王就开始召唤所有的鼠兵鼠将，大小不一、颜色各异的老鼠，都恭恭敬敬地围绕在鼠王的身边，而此时它们的鼠王正被瓦斯卡死死地踩在脚底下。鼠王一声令下："我亲爱的、忠诚的臣民们，谁能从公主那儿把魔戒偷来，谁就是我的救命恩人，就会得到整个国家至高无上的荣誉。"

　　一只小老鼠上前一步，说："我经常半夜溜进公主的闺房，我看见过那枚戒指。她把那枚戒指当作宝贝一样，白天戴在手上从来不摘下来，睡觉的时候就含在嘴里。我愿意为大王去冒一次险，把那枚戒指偷回来。"

　　这只勇敢的小老鼠顺利地溜进了公主的闺房，等天黑下手。公主睡着后，它轻轻地爬到床上，把枕头啃了一个洞，然后把里面的绒毛拽出来，放在公主的鼻子下面。绒毛飞进了

公主的鼻子和嘴里，所以公主不停地打喷嚏、咳嗽，戒指滚到了床单上。小老鼠赶紧冲过去拿起戒指，交到了瓦斯卡手里，换回了鼠王。事成后，瓦斯卡和舒尔卡立刻返回，它们日夜不停地赶路，很快就来到了关押马丁的那座石塔。瓦斯卡站在窗外，大声地呼唤道："亲爱的主人，你能听到我说话吗？"

"是你吗，我亲爱的瓦斯卡。"一个微弱的声音传来了，"我已经饿了三天，马上就要饿死了。"

"亲爱的主人，千万别灰心，我一定会救你的。"瓦斯卡回答道，"从今天开始，一切都会好的，你再也不会感到悲伤，做任何事都会顺顺利利的。现在，你猜猜我和舒尔卡给你带什么来了。哈哈，是戒指，我们帮你拿回来了。"

听到这里，马丁激动得跳了起来，温柔地抚摸着瓦斯卡。瓦斯卡依偎在主人的身边，高兴地喵喵叫，塔下的舒尔卡也兴奋地又叫又跳。马丁把戒指从一只手扔到了另一只手里，十二个壮小伙儿立刻出现了，问马丁有什么吩咐。

"赶紧给我来点好吃的、好喝的，我要先填饱肚子，然后再叫来几个乐师，我想听听美妙动听的音乐。"

很快，来自石塔的音乐声传遍了王宫，人们大惊失色，争抢着去禀告国王，关马丁的那座石塔肯定有魔法。因为马丁不仅没有被饿死，还在跷着二郎腿欣赏动听的音乐呢！他津津有味地吃着美味佳肴，兴致勃勃地听着美妙的音乐，开心极了！音乐是那么动听，路过石塔的人都听得入了迷，呆呆地站在那儿。国王听说这件事后，立刻派一名使者去石塔打探虚实，结果那名使者一到那儿就被眼前的一幕惊呆了，像个雕塑一样站在那里，一动不动。接着，国王又派了一些有名望的大臣前去，结果还是一样。最后，国王不得不亲自走一趟，和大臣们一样，他也像着了魔一样，被那美妙的音乐迷住了。

随后，马丁又把那十二个壮小伙儿叫来了，对他们说："再给我建一座城堡，并且用水晶桥和国王的宫殿连起来；别忘了种树，树上必须有很多很多的金苹果和银苹果，还要有成千上万只天堂鸟在树枝上歌唱。然后，再把那个有五座塔顶的教堂搬过来，敲响教堂的钟声，让王国里的每一个人都知道我回来了。还有一件最重要的事，就是把我那忘恩负义的妻子带回来，让她住在女仆的房间里。"

安排妥当后，马丁就离开了石塔，牵着国王的手走进了新宫殿。公主害怕地坐在那儿，吓得浑身发抖，等着马丁对她的惩罚。马丁对国王说："尊敬的国王陛下，我亲爱的岳父大人，您的女儿让我吃尽了苦头，您说说，我应该怎么惩罚她呢？"

"亲爱的王子，我亲爱的女婿，如果你爱我，就看在我的面子上饶恕她吧。给她一次改过自新的机会，让她在你身边好好照顾你，将功补过。"国王恳切地说。

马丁心中的怨恨渐渐消散了，他原谅了妻子，和她开始了幸福的新生活。后来，马丁的母亲也搬来和他们一起住了。哦，对了，还有舒尔卡和瓦斯卡，事实上，它们和马丁从来没有分开过。

从那以后，那枚戒指再也没有离开过马丁。

拇指姑娘

从前，有一个妇人想要一个纤小的孩子，但是她不知道应该怎么办。一天，她请求一个巫婆帮忙，对她说："我想要一个个子小小的孩子，你能告诉我哪里有吗？"

"太巧了，我们这里正好就有。"女巫激动地说，"把这粒大麦带回去，放在花盆里，到时候你就知道是怎么回事了。这粒大麦可不是普通的大麦，不是种在地里或喂鸡的那种。"

"真的太感谢你了！"说着，妇人给了女巫一个先令，把这粒大麦种子买了下来。回家后，她按照女巫说的，把大麦种子种在了花盆里，很快就长出了一朵又大又好看的花，准确地说，应该是一个花骨朵，看起来和郁金香差不多。

"多好看的花啊！"妇人惊喜地说，忍不住亲了一下它那红白相间的花瓣。奇迹发生了，花骨朵突然盛开了。没错，它真的是一朵郁金香，就是我们经常见到的那种。但不同的是，在花朵的正中央，在那像天鹅绒般柔软的绿色花蕊上，竟然坐着一个小姑娘，个子小小的，美若天仙。她只有半个拇指高，所以取名"拇指姑娘"。妇人选了一个精巧光滑的核桃壳，当作拇指姑娘的摇篮，蓝色的紫罗兰花瓣是她的垫子，一片玫瑰叶子就是她的被子。

晚上，她在这里睡觉，白天，她总是在桌子上玩耍。妇人在桌子上放了一碗水，并在四周摆上芳香扑鼻的鲜花，花的茎浸在水里，一大片郁金香花瓣漂在水中央。拇指姑娘坐在上面，用两根白色的马毛当桨，在碗里划来划去。这一切是多么美好啊！拇指姑娘的嗓音轻柔而甜美，听她唱歌，简直就是这世界上最幸福的事。

一天晚上，拇指姑娘正躺在可爱的小床上睡觉，一只浑身黏糊糊、又笨又丑又老的癞蛤蟆偷偷地溜了进来。她轻轻地跳到桌上，拇指姑娘在玫瑰叶下睡得正香呢！

"太好了，我儿子可以娶一个漂亮的妻子了。"癞蛤蟆打起了如意算盘。她一把抓住核桃壳，连同里面的拇指姑娘一起，从破碎的玻璃窗跳到了花园里。

癞蛤蟆把拇指姑娘带到了一条宽阔的河边，岸边又湿又滑，到处都是稀泥，这里就是癞蛤蟆母子的家。瞧，小癞蛤蟆和他的妈妈一模一样，又脏又丑。一看见核桃壳里那个漂亮的小女孩，他心里乐开了花，"呱，呱，呱"地叫个没完。

"嘘，小点声，别把她吵醒了，"癞蛤蟆说，"她简直像一片羽毛一样，轻飘飘的，就算是现在，一不小心，她就会逃走的。她长得那么小，干脆把她放在睡莲的大叶子上吧，绝对不可能逃走。这样的话，我们就可以放心地在沼泽下面为她准

备住的地方了。"

瞧瞧，河面上漂浮着很多睡莲，碧绿的叶子非常大，在微风中轻舞，仿佛在水面上自由自在地游着。

那边的一片叶子最大，癞蛤蟆就带着核桃壳里的拇指姑娘游到了那片叶子上。拇指姑娘很早就醒了，当她发现自己躺在水中央的绿叶上时，害怕得哭了起来。

此时，癞蛤蟆正在沼泽地下面忙活着给儿子准备结婚用的新房呢，想把它装扮得更豪华、更舒适。然后，她和自己的丑儿子出去了，朝拇指姑娘旁边的那片睡莲游去。她想在拇指姑娘入住之前，把那个精美的摇篮放到她的房间里。癞蛤蟆还在水里，给拇指姑娘鞠了一躬，客客气气地说："这是我的儿子，你们马上就要结婚了，以后你们就在沼泽下好好地过日子吧。"

"呱，呱，呱！"癞蛤蟆的儿子不会说话，只能不停地叫唤。然后，他们带着干净整洁的小摇篮离开了。

可怜的拇指姑娘既不想和浑身黏糊糊的老癞蛤蟆一起生活，也不想和她的丑儿子结婚，于是孤零零地坐在大绿叶上伤心地哭。小鱼们在水里游来游去，把老癞蛤蟆的模样看得一清二楚，也听见了拇指姑娘的话，好奇地抬头看拇指姑娘。"多美的小姑娘啊。"它们一边忍不住赞叹，一边为她要嫁给丑陋的癞蛤蟆而觉得可惜。不行，它们一定要救拇指姑娘！拇指姑娘坐在莲叶上，所以小鱼们迅速围绕在睡莲的绿色茎秆周围，慢慢地把茎秆咬断了。结果，叶子顺着河流漂走了，漂到了癞蛤蟆再也找不到的地方。

叶子漂啊漂，穿过了好几个城镇。树丛中的小鸟看见拇指姑娘时，情不自禁地惊叹道："这小姑娘好漂亮啊！"叶子越漂越远，拇指姑娘离家乡也越来越远。

一只美丽可爱的蝴蝶在拇指姑娘上方轻轻地挥动着翅膀，最后落在了莲叶上。拇指姑娘让它心情愉悦，她自己也非常高兴，终于摆脱了癞蛤蟆，而且一路上见到了那么多美丽的风景。瞧，灿烂的太阳照得水面闪闪发光，耀眼夺目。她把腰带的一端系在蝴蝶身上，另一端系在莲叶上，这样蝴蝶就可以和她一起更快地滑行了。

一只巨大的金龟子飞了过来，看见拇指姑娘后，一把抱住了她的杨柳细腰，和她一起朝一棵树飞去。蝴蝶被拴在叶子上，所以跟着莲叶一起漂走了。在天空中飞翔的时候，拇指姑娘简直吓得魂都没了。她担心那只美丽的蝴蝶，她系得很紧，如果它挣不脱，百分之百会饿死。不过，金龟子一点儿都不在意蝴蝶的生死。它和拇指姑娘一起坐在一大片绿叶上，请拇指姑娘吃花蜜，并极力赞赏她的美貌，但是，拇指姑娘似乎对它

并没有什么好感。后来，住在这棵树上的金龟子们都来和她打招呼，它们目不转睛地盯着拇指姑娘，议论纷纷："唉，为什么她只有两条腿呢？"

"天啊，她竟然没有触角。"另一只金龟子大声喊了起来。

"她是个丑八怪！"虽然拇指姑娘是如此美丽，金龟子们却还是大声嚷嚷起来。

把拇指姑娘抢来的金龟子明明知道拇指姑娘非常漂亮，但是当金龟子们起哄的时候，它的心还是情不自禁地开始动摇，不管怎么说，它再也不愿意把拇指姑娘留在身边，因为那明摆着就是自取其辱。现在，拇指姑娘自由了，想去哪儿就可以去哪儿了——金龟子把她放在一棵雏菊上，然后就头也不回地飞走了。可怜的拇指姑娘不停地哭，因为她觉得是因为自己太丑了，金龟子才会嫌弃她的。可是她一点儿也不知道，她其实是这世上难得的美人，那么轻柔，那么纤巧，就像一片最可爱的玫瑰叶。

拇指姑娘的夏天是独自一个人在大森林度过的。她把自己亲手用树叶编织成的床挂在苜蓿叶下，这样就不会被雨淋湿；肚子饿的时候，她最好的食物就是叶子上的露珠，简直是人间美味！在不知不觉间，夏天和秋天过去了，接踵而至的是寒冷而漫长的冬天。整日在她身边欢唱的鸟儿飞走了，树叶落到了地上，花枯萎了。更糟糕的是，她的家——那片苜蓿叶卷成了一团，只剩下光秃秃的枯死的茎秆。她的衣服破得不成样子了，再加上她长得又瘦又小，每天都冻得缩成一团。拇指姑娘实在是太可怜了！再这样下去，她撑不了多长时间，迟早会被冻死。天啊，下雪了！对拇指姑娘来说，每一片雪花落在她身上的感觉，无异于满满的一铲雪落在身上。拇指姑娘只好用一片枯树叶把自己裹住，树叶已经烂了，根本就挡不了风。她又冷又饿，可是又能怎么办呢？

拇指姑娘住的树林外面有一大片玉米地，玉米早就收割完了，只有枯黄的玉米茬可怜巴巴地站在那儿，这里就是她散步的森林。一天，她意外地在玉米秆下发现了一个小洞，原来是田鼠的家。她推门走了进去，被里面的一幕惊呆了：屋子非常舒服，而且暖烘烘的，到处都是玉米，还有一个豪华的厨房和餐厅。她已经整整两天没有吃东西了，所以肚子饿得咕咕叫，她想乞讨一点儿大麦。

"我的小可怜，"心地善良的田鼠热情地说，"快进来暖和暖和，和我一起吃晚餐怎么样？"

田鼠从看见拇指姑娘的第一眼开始，就喜欢上了这个美丽、文静的小姑娘，于是对她说："如果你愿意帮我打扫房间，讲故事给我听，就可以在我家住下去，直到冬天结束。你愿意吗？"

拇指姑娘连忙点头答应，而且她的工作完成得非常出色，田鼠非常满意。

"今天有一位客人会来。"一天，田鼠说，"我的邻居每个星期都会来拜访我，它比我有钱多了。它的房子特别大，而且总是穿着昂贵的天鹅绒外套。如果你成为它的妻子，就再也不用为吃穿发愁了。不过，它失明了，所以你必须给它讲很多很多好听的故事。"

但是拇指姑娘对它一点儿兴趣都没有，它就是一只鼹鼠而已。它来了，还是穿着那件黑色的天鹅绒外套。

"它非常有钱，而且是个成功人士，"田鼠继续对拇指姑娘说，"它的房子比我的大二十倍，而且知识渊博。但遗憾的是，鼹鼠从来没有见过阳光和花朵的魅力，所以总是对它们不屑一顾。"

在田鼠的要求下，拇指姑娘不情愿地为鼹鼠献唱："瓢虫啊，瓢虫啊，远离了你的家乡……"她的歌声多么动人啊，鼹鼠深深地爱上了她，但它一向小心，所以什么话都没说。没多久，鼹鼠挖了一条地道，把自己和邻居的房子连了起来，并且对拇指姑娘说："只要你愿意，任何时候都可以来我家玩。"鼹鼠还提醒她，地道里有一只死鸟不要害怕。那只死鸟正好埋在鼹鼠挖地道的地方，嘴巴和羽毛都还在，说明死去的时间并不长。鼹鼠嘴里叼着一根枯木，在黑暗中闪闪发光。

在狭窄而黑暗的地道里，鼹鼠在前面带路，给她们照明。走到埋死鸟的地方时，鼹鼠使劲地用它的大鼻子拱了一个洞，洞里立刻就有了光亮。她们终于看清楚了，原来是一只死燕子，漂亮的翅膀紧紧地夹住身体的两侧，爪子和头缩在羽毛下，一定是被冻死的。拇指姑娘非常喜欢小鸟，整个夏天都是小鸟陪伴在她身边的，所以她很伤心。但是，鼹鼠不仅不难过，反而一边用脚踢它，一边嘟囔："好了，它终于闭嘴了。当小鸟实在是太痛苦了，谢天谢地，我的孩子们不是鸟，否则冬天肯定会被冻死。"

"没错，你说得太对了，"田鼠说，"冬天对鸟来说就是噩梦。虽然它不停地唱歌，为别人带来欢乐，但是又有什么用呢，到头来还不是要忍饥挨饿。不过我觉得，尽管如此，小鸟应该也很开心。"

拇指姑娘一言不发。她走到燕子身边，弯下腰把它头上的羽毛拨开，轻轻地吻着它紧闭的双眼。"说不定，它就是夏天唱歌给我听的那只燕子，它带给我那么多的快乐。再见了，亲爱的燕子。"拇指姑娘自言自语。

鼹鼠把小洞封好后，护送田鼠和拇指姑娘回家。但是那天晚上，拇指姑娘在床上翻来覆去，怎么也睡不着。她用稻草编了一条大毯子，盖在了那只可怜的燕子身上，并在上面堆起了很多棉花般柔软的蓟花冠毛，她是在田鼠的房间里发现的。现在好了，燕子可以在温暖中安息了。

"永别了，可爱的燕子！"她恋恋不舍地说，"永别了，谢谢你夏天为我带来的好听的歌。那时候树木青翠，绿草如茵，阳光温柔地抚摸着我们，多么难忘的美好时光啊！"说完，她把头轻轻地靠在燕子的心脏上。其实，燕子根本就没有死，只是被冻僵了而已。拇指姑娘温暖了它，所以它慢慢地苏醒了。

每到秋天快要来临的时候，燕子都会飞向温暖的地方，但一不小心就会延误了起程的时间。它们越飞越冷，等到实在支持不住了，就会摔到地上，看上去就像是死了。接着，漫天的雪花落在地上，把它们遮盖得严严实实的。

看见燕子醒过来了，拇指姑娘害怕极了，吓得浑身直打战。和只有两厘米多高的拇指姑娘相比，燕子简直就是一个庞然大物。她渐渐地镇定下来，鼓起勇气用绒毛把燕子裹得紧紧的，还把自己的被单也拿来了。

第二天晚上，拇指姑娘又偷偷地来看燕子。它还活着，但是虚弱不堪，只能偶尔睁一下眼睛，看看这个好心的小姑娘。她静静地站在那儿，手里拿着一根枯木，这是她唯一能照明的东西了。

"谢谢你救了我，可爱的孩子，"燕子感激地说，"我觉得暖和多了！要不了多久，我就能恢复健康，自由自在地在温暖的天空中飞翔了。"

"现在还不行，"拇指姑娘说，"外面正在下雪，冷着呢！别着急，好好休息，我会照顾好你的。"

拇指姑娘用花瓣舀来水，燕子喝完后开始讲起了自己的遭遇。飞过一片荆棘的时候，它的翅膀受伤了，所以没办法和其他燕子飞得一样快。那些燕子都顺利地飞到了温暖的地方，只有它因为精疲力竭而掉到了地上。但是后来发生了什么，它一点儿都不记得了。整个冬天，燕子都待在那里，拇指姑娘细心地照顾着它。幸好鼹鼠和田鼠不知道这件事，否则，燕子就再也见不到拇指姑娘了。

漫长的冬天终于过去了，春姑娘露出了美丽的笑颜，温暖的阳光普照大地，燕子和拇指姑娘分别的时间到了。拇指姑娘打开鼹鼠在屋顶上挖的洞，一缕阳光射了进来。燕子问拇指姑娘，愿不愿意和它一起飞走，就坐在它的背上。拇指姑娘其实很想去大森林里瞧瞧，但是她知道，如果她走了，田鼠肯定会特别伤心，于是婉言拒绝了燕子的好意。"再见了，善良可爱的小姑娘。"说完，燕子唱着欢快的歌，消失在了绿树丛里。看着燕子远去的身影，拇指姑娘流下了伤心的泪水，因为她太喜欢这只燕子了！

看不见温暖灿烂的阳光，拇指姑娘的心情一直特别差。在田鼠家上方的那块地里，玉米已经长得很高了，成了拇指姑娘眼中的茂密的森林。

"恭喜你，拇指姑娘，你马上就要当新娘了。"田鼠对她说，"那个有钱的邻居已经向你求婚了。对你这个可怜的孩子来说，这简直就是一件大好事啊！从现在开始，你赶紧开始用亚麻布做嫁妆吧。要嫁给鼹鼠可不是一件容易的事，少一样东西都不行。"

于是，拇指姑娘日夜不停地纺纱。鼹鼠每天晚上都会来看望她，并且告诉她，炎热的夏天结束后，它们就要举行婚礼了。

可是，拇指姑娘一点儿也不喜欢愚蠢的鼹鼠，打心眼儿里不愿意嫁给它。每天日出和日落的时候，她都会偷偷地溜出去。微风吹过玉米地的时候，拇指姑娘就可以从玉米叶的缝隙间看一看美丽的蓝天，想去外面的世界逛一逛，想再见到亲爱的燕子。但是它早就飞走了，永远不会再回来了。

一直忙到秋天，拇指姑娘的嫁妆总算是准备好了。"四周后你就要做新娘了，"田鼠说，"别再胡思乱想了，否则，小心我用锋利的牙咬你。相信我，你的丈夫非常棒。它那件天鹅绒外套，比国王的还漂亮呢！还有，它的仓库和地窖都是满满

的。听我说，知足吧你！"

结婚的日子到了。新郎来接新娘了，这一次，拇指姑娘将永远和温暖的阳光说再见了，因为她的丈夫非常讨厌阳光。一想到这里，可怜的拇指姑娘就难过极了。

"再见了，灿烂的阳光！"她一边哭，一边向阳光伸出了自己的双臂，并且向屋外迈了一步。现在，玉米已经收割完毕，只剩下玉米茬了。"再见了，再见了！"她抱着地里的一朵小红花自言自语道，"如果你看到小燕子了，请告诉它我很爱它。"

"啾，啾！"突然，熟悉的声音传到了拇指姑娘的耳朵里。她抬头一看，简直不敢相信眼前的一切，她日夜想念的燕子就在她的头顶上飞翔。燕子看见拇指姑娘，非常高兴。拇指姑娘告诉燕子，她不想嫁给丑陋的鼹鼠，不想永远生活在黑漆漆的地下，说着，说着，眼泪像断线的珠子一样掉落下来。

"冬天马上就要来了，"燕子说，"我必须马上去温暖的地方，你愿意和我同行吗？你坐在我的背上，我们一起飞得远远的，再也不用搭理那只讨厌的鼹鼠了。我们一起飞过连绵起伏的大山，去一个温暖的国家。那里的阳光比这里更灿烂，一年四季都是夏天，五颜六色的花朵随处可见。亲爱的拇指姑娘，别想了，和我一起走吧。当我躺在冰冷黑暗的地道里的时候，如果不是你救了我，我早就冻死了，你是我的救命恩人。"

"好吧，我和你一起走。"说完，拇指姑娘爬到燕子的背上，把脚放在它舒展的翅膀上。燕子飞上了高高的天空，越过数不清的森林和海洋，越过常年积雪的高山。如果觉得冷，拇指姑娘就蜷缩着身体，藏在燕子温暖的羽翼下，只露出小小的头，欣赏那美丽的风景。过了很久很久，她们终于来到了传说中的温暖之乡。正如燕子说的那样，这里阳光明媚，天高气爽。树篱上挂着一串串绿色和紫色的葡萄，树林里到处都是橙树和柠檬树，空气中弥漫着香桃木和薄荷的清香，令人神清气爽。活泼可爱的孩子们发出了欢快的笑声，争抢着去追逐那五彩缤纷的蝴蝶。但是燕子并没有停下来，继续往前飞，等待她们的是更绚烂的景象。最后，她们飞到了五颜六色的树丛中，那里矗立着一座闪闪发光的白色大理石城堡，旁边还有一个小湖，清澈见底。葡萄藤沿着高高的石柱不停地往上爬，很多燕子在这里筑巢安家，背着拇指姑娘的这只燕子也住在这里。

"这就是我的家！"燕子说，"但是你不能住在我这里。这里太脏了，你肯定不会习惯的。你去看看百花丛，你喜欢哪儿，我就帮你在哪儿建一个新家，准保你会喜欢。放心吧，再也不会有人打扰你了，你想做什么就做什么。"

"啊，太好了！"拇指姑娘兴奋地鼓起掌来。

找啊找，她们看见一根倒塌的白色大理石圆柱断成了三截，中间长了许多好看的白色小花。燕子带着拇指姑娘飞了下来，

停在其中一片大叶子上。但是，接下来的一幕让拇指姑娘惊呆了：一个和她差不多大的人坐在花中央，浑身雪白，而且像水晶一样透明；头上戴着一顶非常漂亮的金王冠，闪闪发光；肩上还有一对美丽的翅膀——他就是花神。原来，这里的每朵花上都住着一个个子小小的男士或女士，这个人就是他们的国王。

"他长得太帅了！"拇指姑娘轻声对燕子说。

小国王被燕子吓了一跳，燕子对他来说简直就是个巨人。但是他看见拇指姑娘时，乐得嘴都合不拢了，因为拇指姑娘是他见过的最美丽的女孩。小国王把自己的王冠戴在拇指姑娘的头上，问她叫什么名字，并且告诉她，只要嫁给他，她就会成为百花之王。小国王比鼹鼠、癞蛤蟆的儿子强多了，所以拇指姑娘毫不犹豫地答应了。接着，从每一朵花蕊里面走出了一位先生和一位女士，他们都长得娇小美丽，看着令人心情愉悦。

　　他们给拇指姑娘准备了礼物，其中，拇指姑娘最喜欢的是一对能固定在她背上的翅膀，好看极了！燕子为他们献上了一曲《婚礼进行曲》。虽然它是真心祝福拇指姑娘，但是它的歌声中充满了悲伤，因为它很爱拇指姑娘，不想和她分开。

　　"我们以后再也不叫你拇指姑娘了。"小国王对她说，"这个名字太难听了。瞧，你这么漂亮，叫你'五月花'还差不多。"

　　"再见了，再见了！"燕子在心里说道。然后，它怀着无比沉重的心情，慢慢地朝遥远的丹麦飞去。它的妻子在那里等它，每天都会给它妻子讲各种各样的神话故事。

白 鸭

    很久以前，有一个国王娶了一个如花似玉的公主，两人非常恩爱，生活无比甜蜜温馨。可是新婚不久，他俩不得不分离，因为国王要亲率大军远征一个敌国，只好抛下新婚妻子独守空房。尽管国王说了一大堆劝慰的话，王后依然痛哭流涕。临别前，国王叮嘱王后牢记四件事：一不要离开城堡；二不要同陌生人说话；三不要相信江湖术士的邪门歪道；四要提防陌生女人。王后说她谨记国王的叮嘱，让他多保重身体。

    国王出发后，王后就将自己和女仆关在屋里，闭门不出，每天只是纺纱、织布，剩下的时间全是思念夫君。这种单调孤寂的日子使她极度忧伤。有一天，寂寞的王后独自坐在窗前，边流泪边织着布，泪水一滴又一滴落在纱布上面。这时，窗前出现了一个老太婆，她看起来和蔼可亲，与任何一个普通老太婆没什么两样。她佝偻着背，拄着一根手杖，用极其恭维、礼貌的语言对王后说："美丽、仁慈的王后，你为何哭得如此伤心？你不该整天这么郁郁寡欢，待在狭小的房间里，出来到绿草葱郁的花园里走走吧，你听树上小鸟的歌声多么婉转动听，花丛间蜜蜂的嗡鸣是多么悦耳；你瞧外边的阳光多么明媚呀，那些蝴蝶在花丛间寻觅晨露，尽情地追逐着，它们的舞姿多么优美。王后，到花园里散散心吧，那是一个欢乐的世界，一定能驱散你心头的忧伤。"

这些话是那么诱人，那么让人心动，但王后谨记国王临走时的那四句叮嘱，依然闭门不出。可是，她心里总是痒痒的，心想：我不能老是待在房间里，只是到花园里溜达一会儿，应该不会出什么事的。能在花园里散散步，听听鸟的歌声和昆虫的嗡鸣，欣赏蝴蝶在花丛中追逐嬉戏，寻找那藏在阴影里，尚未被阳光发现的露水，然后晒晒太阳，是多么惬意的事啊。唉，善良单纯的王后哪里知道，那个老太婆是一个极其邪恶的女巫呀。她嫉妒漂亮的王后，一直在寻找机会取代她。可怜的王后对此毫不知情，在她的甜言蜜语下毫无防范，任由她领着自己四处游玩。

她们来到花园的中央，那儿有一个水池，池里的水像水晶般透明。老巫婆怂恿王后说："你瞧，今天天气多热呀，晒得人全身冒汗，池子里的水多清澈凉爽啊。美丽的王后，您不想到池子里洗个澡吗？"

"哦，不，我从未想过。"王后立即后退两步说。可旋即，她又有些后悔，心想：池水这么清凉，洗个澡多舒服啊。于是，她禁不住脱下长裙，向水池走去。双脚刚接触清凉的池水，她就被人从背后猛推了一下，只听"扑通"一声，她一头栽进了水池里。不用说，那双手就是老巫婆的，她不仅用力推王后，口中还念念有词："从今以后，老老实实待在水池子里吧，白鸭！"

把王后变成白鸭后，老巫婆立即变成王后的模样，穿上她的衣服，经过一番打扮，几乎跟真王后一模一样，谁也分辨不出来。然后，在一群宫女的拥簇下，她静坐在大厅里等国王归来。一阵急促的马蹄声由远及近，接着是猎犬的狂吠声，老巫婆立即起身向门外奔去，看到国王后，立即伸手搂着他的脖子，不停地亲吻国王。国王陶醉在幸福之中，哪里想到怀中抱的并不是他的爱妻，而是可恶的老巫婆！

与此同时，伤心的白鸭正在水池里四处游荡，在水池岸边的某处有三只鸭蛋。没多久，鸭蛋里爬出三只小鸭子，两只呆萌的小母鸭和一只憨厚的小公鸭！白鸭每天带着三个孩子在水池里嬉戏，捕食小鱼。三个小家伙还不时跳到岸上，迈着蹒跚的脚步，摇晃着身体，东瞧瞧，西看看，不停地抖着羽毛上的水，呱呱地叫。白鸭叮嘱三个孩子，千万别离水池太远，因为一个歹毒的女巫婆就住在附近的宫殿里。白鸭还说："她毁了我的幸福，见到你们，肯定会想方设法害你们的！"可三个孩子年幼淘气，根本不把母亲的话放在心上。

一天，小鸭子们在花园里嬉戏，玩着玩着就来到城堡的窗户旁。通过气味，老巫婆认出他们是白鸭的孩子，她怒火中烧，恨不得立即把他们撕得粉碎。可她克制住心中的妒火，装着非常和蔼可亲，骗他们来到自己身边，给他们许多好吃的东西，和他们一起做游戏，最后将他们成功骗入一间华丽的房间，并拿出高档软垫让他们睡觉。随后，她锁上房门，直奔厨

房，吩咐仆人烧水磨刀。

此时，两只小母鸭玩累了，早早进入了梦乡，那只小公鸭呢，蜷缩在她俩中间，藏在她们的翅膀下面，借她们的身体取暖。小公鸭却一夜没睡，他听到老巫婆在门外轻声地问："孩子们，睡着了吗？"

小公鸭学着妹妹们的声音回答：

"我们怎么睡得着，

只有哀伤，只有哭泣，

我们听到霍霍的磨刀声，

随时要夺走我们的小命。

火炉上的水正不停沸腾，

我们醒着，浑身颤抖不停。"

听了小公鸭的回答，老巫婆喃喃自语："哦，小家伙还没睡着呢！"于是，她耐着性子，在门外的走廊里走来走去。走了一阵后，她又隔着门小声地问："睡着了没有，小家伙们？"

小公鸭依旧学着妹妹们的声音回答：

"我们怎么睡得着，

只有哀伤，只有哭泣，

我们听到霍霍的磨刀声，

随时要夺走我们的小命。

火炉上的水正不停沸腾，

我们醒着，浑身颤抖不停。"

"说的话与上一次完全一样。"老巫婆想进去瞧一下。于是，她轻轻推开房门走了进去，看到小鸭们睡得正香，她二话不说，害死了他们。

第二天，心急如焚的白鸭四处寻找自己的孩子，她不停地叫着喊着，既没有孩子们的回音，也不见他们的踪影。一种不祥的预感涌上她的心头，老巫婆害死了自己的孩子。想到这里，她立即拍打着翅膀，飞进王宫，果然在冰冷的大理石地板上，看到惨死的三个孩子。悲痛欲绝的白鸭展开翅膀盖住他们，哭喊道：

"嘎，嘎，嘎，我亲爱的孩子们啊！

嘎，嘎，嘎，我的心肝宝贝们啊！

我含辛茹苦地把你们抚养长大，

却眼睁睁看到你们被恶魔残杀。

我想方设法给你们最好的一切，

吃美味的食物睡温暖舒适的窝，

我唯恐你们出事，日夜提心吊胆，

失去了你们，叫我日后怎么活！"

听了白鸭凄惨的哭诉，国王对老巫婆说："王后啊，那只白鸭竟然能像人一样哭诉，真是稀奇！"

老巫婆却恶狠狠地说："亲爱的夫君，你到底怎么啦？一只鸭胡乱叫嚷有什么好听的？谈什么稀奇！来人，将这只鸭子赶出大厅！"可是，不论仆人如何驱赶，白鸭就是不走开。她绕着柱子转来转去，并不时回到小鸭子们身旁哭诉：

"嘎，嘎，嘎，我亲爱的孩子们啊！

嘎，嘎，嘎，我的心肝宝贝们啊！

邪恶的老巫婆夺走了你们的生命，

她是一条多么丑陋狡猾的毒蛇啊，

她抢走我的国王，

又残害我的孩子，

毁坏了我的幸福，

将我变成小白鸭，

我多想变回王后，

立刻恢复原形啊！"

听了白鸭的诉说，国王如坐针毡，有一种被骗的感觉。他立即命仆人把白鸭带到他的面前。可仆人无论怎样追捕她，她总能轻松地跑掉，怎么也抓不着。国王无奈，只好亲自和仆人一起抓白鸭。白鸭看到国王后，立即飞上他的手臂。国王抚摸她洁白无瑕的翅膀，突然，白鸭一下子变成了一个婀娜多姿、美若天仙的女人。她才是真正的王后，国王激动地上前搂住了她。她对国王说，速派人到花园水池旁她的窝中，将窝里的一个瓶子取来，瓶中装的是复活泉的圣水。仆人取来瓶子交给王后，只见她拧开瓶盖，滴了几滴水在三个孩子身上。瞬间，三个孩子活了过来！看到自己的孩子们，国王和王后喜笑颜开。从此以后，他们在华丽舒适的王宫快乐幸福地生活着，而那个老巫婆呢，当然得到了她应受的惩罚。

魔法王

很久以前，有个国王，他不仅势力庞大，更是法力无边。他是个花花公子，整天沉浸在吃喝玩乐之中。后来，他遇到一位美貌绝伦的公主，当即爱上了她，并向她求婚成功。从此，国王自认为自己是这个世界上最幸福的人。

婚后一年，他们的儿子出生了，他继承了父母所有的优点，举手投足之间，无不彰显王者风范。大臣们更是对他赞不绝口。等小王子一天天长大，身体逐渐强壮，可以出门远行后，王后就偷偷带着他，长途跋涉，去拜见自己的仙女教母。在这里之所以用偷偷地，是因为仙女教母曾告诫过王后，说国王有魔法。从古至今，仙魔两界之间就势不两立。魔法王若知道她去找仙女，肯定会阻止的。

仙女一直很关心王后，正所谓爱屋及乌，对小王子也非常宠爱，她赐给小王子的礼物是，让他拥有人见人爱的魅力。

此外，仙女还赐给小王子超强的学习能力，以便将他培养成一个十全十美、多才多艺的人。在学习方面，小王子真是聪慧过人，一点即通，并且还能触类旁通，教他的老师们却有极大压力。不幸的是，数年后，王后病逝了，尚未成年的小王子悲痛不已。王后临终前告诫小王子，凡是遇到重大难以解决的事情时，一定要找仙女商量，她还事先把小王子托付给仙女，恳求她暗中保护小王子的安全。

虽说王后去世后，小王子十分悲痛，但与魔法王相比，就显得不值得一提了。痛失心爱的女人后，原本活泼开朗的魔法王终日郁郁寡欢，魂不守舍。时间的流逝和强大的法力，丝毫没有减轻他的痛苦。他每天看到熟悉的东西，接触到熟悉的人，就会情不自禁地想到病逝的王后。为此，魔法王决定外出旅行，通过接触陌生人，让自己彻底摆脱王后的阴影。魔法王法力高超，能轻而易举地到达任何他想去的国家。每到一个国家后，他就换一个形象。每隔三五周，还会返回他曾去的国家，因为那里有他新收的信徒。

就这样，魔法王在世界各地旅行，可遗憾的是，他并没有找到什么东西重燃他的兴趣。后来，魔法王变成一只苍鹰，整日在空中飞翔。飞过许多国家后，最后他来到一个美丽如画且从未来过的地方。这里是花的海洋，五颜六色的鲜花争相斗艳，空气中到处弥漫着浓郁的芬芳。魔法王被花香吸引，越飞越低，发现下方有一个大花园。花园里到处是世间少有的鲜花，还有无数个喷泉，不停地喷射出上百种奇形怪状的水花。一条小河从花园中间穿过，河上有许多游船。船中的游客个个穿金戴银，衣着艳丽奢华。

在其中的一条船上，坐着这个国家的王后和她的独生女儿。年轻的公主国色天香，她被几个侍女簇拥在中间。魔法王从未见过如此美丽的女子，虽说他已化身为一只苍鹰，可丝毫不影响他为公主神魂颠倒。他悄悄地落在一株高大的橙树上，以便更好地观看如画卷般的美景，近距离地偷窥公主倾国倾城的美貌。

魔法王越看越被公主痴迷，越觉得这一生再也离不开她了，遂下定决心，要抢走美丽的公主。栖息在枝头上，化身为苍鹰的魔法王一直耐心地等待机会。当他看到游船靠岸，公主小心翼翼地走上岸，身边的侍女尚未跟上时，他一个俯冲，猛扑了下去。侍女们根本没有反应过来，压根儿就来不及去拉公主，公主就被苍鹰抢走了。公主惊慌失措，绝望地放声痛哭。魔法王听到公主的哭泣声后，心有不忍，可他再也不愿离开公主半步，便横下一条心，越飞越快，一句安慰她的话也不说。

飞了好久，魔法王确信已飞出了公主所在的国度，觉得安全后，滑翔而下，缓缓落在一片遍布鲜花的草地上。化身为苍鹰的魔法王，恳求惊魂未定的公主原谅自己的莽撞，说他会带公主去自己的王宫，同她一起管理那个庞大的王国，并用尽花言巧语安慰公主，以博得她的好感。

公主好长时间不说一句话。烦乱的心稍稍平静后，她又开始不停地哭泣。魔法王心里很难过，安慰她："亲爱的公主，请不要伤心难过，我会让你成为这个世界上最幸福的人！"

公主总算开口说话了："既然陛下这么说，就请您不要擅自剥夺我的自由。否则，我只能视您为我一生的仇敌。"

魔法王辩驳，说公主的话太伤他的心了，自己对公主一片挚诚之心，只愿能带她去一个好地方，在那里，她会受所有人

的仰慕，并享受无穷无尽的欢乐。说完，他再次抓起公主，一飞冲天，再也不理会公主的哭泣，径直飞到自己的都城附近，寻找一片草地滑落下来。映入公主眼帘的是一座高大雄伟的宫殿，内饰更是富丽堂皇，奢华高雅。

公主原以为在陌生的宫殿里会孤独无助，不久她就发现，宫中有许多漂亮的侍女，随时听候她的差遣，她们待她十分热情、体贴。最让她开心的是一只鹦鹉，它有一身五彩缤纷的羽毛，能说世界上最让人开心的话，经常说得公主开怀大笑。

随后，魔法王回到自己的王宫，他做的第一件事，就是立即恢复原形。虽说岁月无情地在他英俊的脸上刻下了许多皱纹，但他风采依旧，魅力不减，也十分讨人喜欢。可是，公主对他丝毫没有好感，毕竟在公主眼里，他就是一个可恶的强盗，并将她囚禁在陌生的宫殿。因而，在他面前，公主从未掩饰自己对他的怨恨。而魔法王却一直盼望，经过长时间的接触，公主能消除对他的怨恨接受他，并乐意同他一起生活。为了防止公主逃走，他施展魔法，用云彩将公主所住的宫殿紧紧罩住，然后才放心回自己的王宫，上朝议政。他好长时间没有露面了，众大臣十分担心他的安危。

看到敬爱的魔法王又充满活力地出现，王子和大臣们都十分高兴。不过，令他们万万没有想到的是，随后他们更难见到魔法王的身影了。他总是说自己在书房里处理国事，实际上，他是想方设法陪在公主身边，逗她开心，试图征服倔强的她。

公主太固执了，魔法王想尽一切办法，也消除不了她对自己的敌意。他开始担心，公主是不是恋上了王子，毕竟王子年轻、英俊、仁厚、聪明，王宫里上上下下的人都喜欢他，对他赞誉有加，也许她或多或少听闻了。魔法王其实早就采取措施，严禁公主周围的人在她面前提王子，服侍公主的侍女都是新人，极少接触外人，更不知王子的存在。即便如此，魔法王还是寝食难安，决定派王子出国旅行，以避免公主见到王子。

王子周游了好几个国家后，来到公主的国度。该国上下依然沉浸在痛失公主的悲痛之中。尽管如此，国王和王后还是盛情款待了王子，并举行盛大的晚宴为他接风洗尘。

有一天，王子受邀去见王后时，在她的房间看到一幅画像，画中的少女国色天香，倾国倾城。王子仰慕不已，急忙询问王后，画像上的人是谁。王后失声痛哭起来，说那是自己宝贝女儿的画像，她被一只苍鹰抢走了，至今杳无音信。

王子听后非常震惊,当着王后的面起誓,他要竭尽所能去寻找公主,就是到海角天涯,也要找到公主,将她毫发无损地送回到王后身边。王后非常感激王子,承诺一旦王子找到公主,并将她成功带回的话,愿意将公主嫁给他,并将整个王国作为嫁妆送给他。

王子并不稀罕公主的丰厚嫁妆,但他对画像中的公主十分仰慕,他辞别国王和王后,起程去寻找公主。临别时,王后特地送给王子一张公主的小画像。王子想起母后临终前的遗言,决定去找一直暗中保护自己的仙女,恳请她为自己指点迷津。

王子把事情的原委一五一十地告诉了仙女。仙女听后,让王子暂时休息一会儿,让她查阅一下相关书籍。经过反复地思量,她最后确定了公主的位置。公主被关押在王子都城附近的一座宫殿里,不过,这座宫殿被施了魔法,外人要进去难于上青天,因为王子的父亲——魔法王用厚厚的云彩将宫殿团团包裹了起来。仙女考虑再三,认为只有一个办法,那就是抓住公主房中的那只鹦鹉。她说,这只鹦鹉时常飞出宫殿,到附近的树林里去。

说完,仙女就飞了出去,径直飞到那片树林里等那只鹦鹉出现。果然,那只鹦鹉不久就飞了过来,仙女轻而易举地抓住了它,把它带了回来,关进笼子里。接着,她取出魔杖,在王子头上轻轻一点,瞬间王子就变成了一只鹦鹉,与公主房间的那只一模一样。随后,仙女详细地告诉王子如何飞到公主身边。

王子顺利地飞到了公主的身边。看到公主的真人,王子惊呆了,半天说不出话来,她比画像漂亮多了,真可谓是美貌绝伦,举世无双。看到原本十分活泼的鹦鹉,像木偶一样一言不发，公主很惊讶，她非常担心这只给自己带来欢乐的鹦鹉病了。她将鹦鹉放在手心，不停地抚摸他的羽毛。在公主的安慰下，王子慌乱的心很快平静下来，他暗下决心，要扮演好鹦鹉这个角色，成功地将公主救出来。随后，王子变得十分活泼，向公主说了许多动听的话，逗她开心。

这时，魔法王突然来了，公主一下子变得非常紧张。鹦鹉注意到，公主一点儿也不喜欢魔法王，这令他非常高兴。等魔法王走后，公主垂头丧气地走进更衣室，边走边不停地哀叹。鹦鹉一直跟在她身后飞，听了她的话后，得知魔法王一直逼着公主嫁给他。聪明的王子十分善解人意，说了一大堆甜言蜜语哄公主开心。公主听后，感觉这只鹦鹉好像变了，变得善解人意了，开始怀疑不是她以前的那只了。

王子变的鹦鹉看公主对自己尽管有些怀疑，却没有一丝敌意，就悄悄地说："亲爱的公主，我有一个秘密要告诉你。不过，在说出这个秘密时，你千万别惊慌，更不用害怕。我是受你的母后之托，特地前来解救你的，还带了公主你的小画像作为信物。它是你的母后特地送给我的。"说着，鹦鹉从翅膀下取出了那张小画像，递给了公主。听了鹦鹉的话，公主非常惊讶，看到画像后，内心充满了喜悦。公主知道，母后一直随身携带着这张小画像，绝无半点虚假。

看到公主不再惊恐，反而充满喜悦，王子当即向她表明了自己的身份以及王后的承诺。告诉公主，他已得到了仙女的帮助，她随后就会派车过来，接走公主，将她送到王后身边。

鹦鹉看到公主已经非常信任自己了，就恳求公主允许自己现出原形，公主答应了。随后，鹦鹉从身上拔下一根羽毛，瞬

间，一个英俊潇洒、风度翩翩的王子出现在公主面前。看到这么有魅力的王子，公主高兴极了，告诉王子，她衷心地希望能和他在一起。

这时，仙女已备好了车，这辆车由两只鹰拉着。出发前，仙女还特地将装着鹦鹉的笼子放在了车里，让鹦鹉驾着车飞进宫殿，来到公主更衣室的窗前。几分钟后，王子牵着公主上了车。又看到心爱的鹦鹉，公主欣喜若狂。

鹰拉着车直上云霄。突然，公主看到一个人坐在鹰背上，顿时惊恐万分。王子看到后安慰她，那个人就是自己的仙女教母，是她救了公主，公主应该好好感谢她。现在，仙女正护送他们去王后那里。

这天清晨，魔法王做了一个噩梦，一下子惊醒了。他梦到自己好不容易抢来的女人，竟然被别人抢走了。他来不及多想，变成苍鹰直飞公主所住的宫殿。魔法王让侍女将宫殿翻了个底朝天，也没有找到公主。魔法王立刻又飞回自己的王宫，翻书查典。当他得知是自己的儿子夺走了自己心爱的女人后，怒火中烧，立即变成一只金雕去追赶他们。

魔法王拼命拍打翅膀，但他再怎么努力也追不上了，毕竟一切太迟了。再有，精明的仙女早就料到他会追来，特地在王子和公主身后刮起了一股狂风，足以拖延他追赶的时间。

看到失去多年的女儿安然无恙地回到自己的身边，再看到奋勇前去解救女儿的王子，迎接他们的王后喜极而泣，激动得半天说不出话来。王后缓过神来后，立即请他们进宫。仙女拉住了王后，告诉她要当心，那个可恶的魔法王随后就会赶到，他的法力高超，如果王子和公主不马上举行婚礼的话，就无法阻止他的报复。

王后急忙告诉国王这件事。国王当即宣布为公主和王子举行简单的婚礼。

婚礼刚刚举办完，魔法王就赶来了。看到王子和公主已举办了婚礼，魔法王十分绝望。气急败坏的他将一瓶黑色的液体洒向王子和公主，妄想毒死他们。守候在一旁的仙女早防着他了，伸出魔杖轻轻一挡，黑色液体掉转方向，洒在自己身上，他当即昏倒在地上。国王早对魔法王充满了怨恨，更对他欲用这种歹毒的方法杀人而非常愤怒，当即让人把他五花大绑，关进大牢。

牢笼中的魔法王空有一身本领，却无法施展，因为一旦关进了牢笼，他的法力就失效了。魔法王羞愧难当，自知在劫难逃，也不抱任何求生的希望。令他不曾想到的是，王子竟然恳求国王赦免了自己。

关押魔法王的牢笼打开后，他立即变成一只怪鸟，迅速地飞上了天空，飞走时还叫嚣着，不会原谅仙女和背叛自己的儿子。

众人央求仙女住在这个王国里，以防魔法王回来报复。仙女答应了，她还亲自建了一座富丽堂皇的宫殿，并把所有的书籍以及仙界的宝物全搬了进来。能帮助国王全家过上幸福安稳的生活，这是她最大的心愿。